リウイは襲撃者を地面に押し倒し、
馬乗りになる。

「女なのか？」

リウイは一瞬、硬直する。

「殺せ！」

流暢な共通語で、女は言った。

魔法戦士リウイ　ファーラムの剣
神代の島の魔法戦士

「蛇神ヤヅチの世がふたたびやってくるのだ」

ラカンはそう叫ぶと、
懐から一尾の蛇を取りだした。

その蛇は、地面に落ちると、突然、変形した。

ラカンと同じほどの背丈の人頭の蛇の姿に……

「あれが、蛇神なのか？」

リウイは驚きの声をあげる。

ティカは、長槍の石突を地面に突き立て、高く跳躍。
そして空中で身体を一回転させ、バジリスクの背中に
槍を突きたてた！
バジリスクから、猛毒の血液があふれだす……

魔法戦士リウイ　ファーラムの剣

神代の島の魔法戦士

1368

水野　良

富士見ファンタジア文庫

100-18

口絵・本文イラスト　横田　守

目次

第1章　東の果て《イーストエンド》へ

1

その朝、賢者《けんじゃ》の王国オランの王城《おうじょう》の中庭は、白く染《そ》まっていた。

昨夜から降《ふ》りはじめた季節はずれの雪が、地面を覆《おお》うほどに積《つ》もったのである。

「静かな朝だね……」

窓《まど》を開けて、庭を見下ろしていた黒髪《くろかみ》の少女が楽しそうに言って、顔をめぐらす。

彼女の名はミレル。元盗賊《シーフ》で、今は剣《けん》の王国オーファンに密偵《スカウト》として仕えている。

「雪が、音を吸収《きゅうしゅう》してしまうの。だから、普段《ふだん》より静かなのよ」

テーブルで食後のお茶を味わっていた女性が片手で眼鏡《めがね》を押さえながら答えた。

アイラである。オーファン魔術師《まじゅつし》ギルドの正女性魔術師《ソーサリス》であり、実家はオーファン最大の商会を営《いとな》んでいる。

「こんな日に表へ出たいと思う奴《やつ》も少ないからな。当然、静かにもなるさ」

アイラの向かいの席で、まだ食事を続けている大男が、もぐもぐと口を動かしながら言った。

彼はリウイ。オーファンの妾腹《バスタード》の王子にして魔法戦士《ルーンソルジャー》だ。

「それもそうね」

ミレルが屈託《くったく》のない笑い声をあげる。

「あたしたちも、今日はひきこもりかな？」

「遊び歩いてばかりでは、いられませんからね」

食後の祈《いの》りを終えた金髪《きんぱつ》の女性が、微笑《ほほえ》みながら言う。

彼女はメリッサという。戦神マイリー教団で司祭《しさい》の地位にある。

「休養はもう十分だろう。次の目的地の下調べにも、本腰《ほんごし》を入れないとな……」

赤い髪の女性が、大剣《グレートソード》の手入れをしながら、ぼそりと言った。

彼女はジーニ。ヤスガルン山岳民《さんがくみん》の出身で、優《すぐ》れた狩人《かりうど》にして戦士だ。

「今度は、異郷《いきょう》の地だものね」

ミレルが真顔になってうなずく。

そう、次の目的地はアレクラスト大陸ではない。〝東の果ての島《イーストエンド》〟なのだ。

あの〝呪《のろ》われた島〟ロードスよりも大陸との交流は少なく、伝統的な暮《く》らしを続けているらしい。

「いったいどんな場所なのかな？」

ミレルは自問するように言う。

「さあね……」

アイラは肩《かた》をすくめた。

「文献《ぶんけん》はほとんどないし、情報《じょうほう》といっても噂話《うわさ》に毛がはえたようなものばかりだしね」

「だから、まず、ムディール王国に行こうというわけさ。大陸のなかで、イーストエンド島にもっとも近い国だからな。ここにいるより、くわしいことが分かるはずだ」

リウイは食後の運動をはじめながら言う。

魔術の修行《しゅぎょう》を欠かす日はあっても、身体《からだ》を鍛《きた》えるのを怠《おこた》る日はない。

「出発はいつにしますの？」

メリッサが静かに訊《たず》ねる。

「明日にでもと思ったが、これだからな。足下《あしもと》がぬかるんでいるのはちょっとな……」

リウイは運動を続けながら答えた。

「こういうおかしな天気のときは、じっとしているにかぎるぜ」

「あたしは同感だけど……」

ミレルが窓から外を見下ろしながら、ひとりごとのように言った。

「そうは思わない人もいるみたいよ」

「物好きは、どこの世界にもいるさ」

リウイは苦笑する。

「たとえば、オランの聖剣探索隊《せいけんたんさく》を率《ひき》いる女騎士《きし》とかね」

黒髪の娘はこわばった顔を振り返らせた。

「あの人たち、帰ってきたみたいよ。この雪のなかを……」

「なんだって?」

リウイは窓際《まどぎわ》に歩み寄ると、中庭を覗《のぞ》き込《こ》む。

白く埋《う》もれた中庭に、黒い足跡《あしあと》を残しながら、五人の一行が歩いていた。

先頭を歩いている甲冑姿《かっちゅうすがた》の者が、まっすぐこちらに視線《しせん》を向けてきている。

リウイはあわてて窓から離れ、しゃがみこむ。

「無事、仕事を果《はた》して帰ってきたんだな……」

リウイは呆然《ぼうぜん》とつぶやく。

「そうでなければ、あの生真面目《きまじめ》な女騎士が帰ってくるわけがないだろう」

ジーニが頬《ほお》に描かれた呪払《のろいばら》いの紋様《もんよう》を指でなぞりながら言った。彼女の故郷であるヤスガルンの山岳民族に伝わる不幸を退《しりぞ》けるとされる風習である。

「よく見つけられたものねぇ。あの広大な〝堕《お》ちた都市〟レックスの遺跡《いせき》から」

アイラが感心したように言った。

「偉大なるマイリーよ、ご覧《らん》あれ……」

メリッサが本意だという表情で胸の前で手を組むと、小声で祈《いの》りを捧《ささ》げた。

かつての空中都市レックスの遺跡には、魔法王《ファーラム》の鍛冶師《かじし》ヴァンが鍛《きた》えた魔法の武具が、実は二組あったのだ。

ひとつめはヴァンの屋敷《やしき》の宝物庫《ほうもつこ》の守護者であった〝番兵《センチネル》〟。

そして魔法の石盤《せきばん》が示《しめ》すところにより、もうひとつが遺跡に埋もれていることが判明《はんめい》したのである。

だが廃墟《はいきょ》のどこにあるかまでは分からない。方法はただひとつ。地道に遺跡を発掘《はっくつ》するしかなかったのだ。

その仕事を、リウイはオランが組織した聖剣探索隊に任せたのである。

自分たちは、もっとも遠い呪《のろ》われた島に行くからと言って、なかば強引《ごういん》に押しつけたのだが……

シヴィルたちは今日まで半年以上、ずっとレックスの廃墟を発掘しつづけてきたのである。そしてついに目的の物を見つけだしたというわけだ。

予想よりも遥《はる》かに早い。運もあったのかもしれないが、彼女らがいかに苦労したかは、冒険者暮らしの長いリウイには容易《ようい》に想像《そうぞう》できた。

「今すぐムディールへ出発……というわけにはゆかないよなぁ」

リウイが髪をぼりぼりとかく。

「彼女らの武勲《ぶくん》を讃《たた》えてあげませんと」

メリッサが微笑《ほほえ》みながら言った。

「そうだよな」

リウイは覚悟《かくご》の表情でうなずいた。

2

オランの聖剣探索隊を率いてるのは、シヴィルリア・サイアスというオランの女騎士である。

彼女の仲間は四人。

サイアス家の執事《しつじ》にして密偵《みってい》のスマック。

騎士志願《しがん》の戦士ダニロ。

オラン魔術師ギルドの次席導師《どうし》バレンの弟子《でし》である天才少年アストラ。

そして自由奔放《ほんぽう》に生きることを誇《ほこ》りとしている暗黒神《あんこくしん》ファラリスの女性司祭であるエメルだ。

彼女らはオラン国王カイアルタードに報告を終えると、その足でまっすぐにリウイの部屋へと押しかけてきた。

「失礼する」

と、一声かけただけで、返事も待たず、女騎士とその仲間たちは部屋へとどかどか入りこんできた。

「やぁ」

リウイは愛想《あいそ》笑いを浮かべて、五人を出迎《でむか》える。

ジーニたちも、歓迎《かんげい》の言葉をシヴィルたちにかけた。

「ありがとう……」

憮然《ぶぜん》とした表情ながらも、シヴィルは一礼する。

彼女の仲間たちは無言でうなずいただけ。

「パダの村を拠点《きよてん》に、遺跡を往復《おうふく》する毎日だった……」

シヴィルは拳《こぶし》を握りしめると、その拳をじっと見つめた。

「それは大変だったな……」

リウイは労《ねぎら》いの言葉をかけてみた。

「パダの村には、大陸各地の情報が入ってくる。リウイ王子の武勲の数々も……」

拳のみならず、女騎士の声もまた震《ふる》えている。

部屋の空気が張《は》りつめてゆくのが、リウイには分かった。

うなじのあたりがぴりぴりする。

「我《われ》らが来る日も来る日も瓦礫《がれき》の山と格闘《かくとう》し、埃《ほこり》にまみれているあいだに、王子は遥か呪われた島へと渡り、ミラルゴの争乱《そうらん》を鎮《しず》め、ロドーリルの鮮血《せんけつ》の将軍を討《う》ち果たし、プリシスの街を解放《かいほう》し……」

気がつくと、シヴィルは全身まで震わせていた。

「我らが醜悪《しゅうあく》な怪物《かいぶつ》どもの血にまみれ、狡猾《こうかつ》な仕掛《トラップ》けに翻弄《ほんろう》されているあいだに……」

リウイはもう何も言う気がしなくなり、黙《だま》ってシヴィルの言葉を待つ。

「あなたは、わたしたちを謀《たばか》られたのか？」

オランの女騎士は顔を真っ赤にすると、大声で怒鳴《どな》った。

「そんなつもりはない……」

リウイはあわてて言った。

「無論、レックスの遺跡からヴァンの武具を探しだすのは大変だと分《わか》っていたさ。だからこそ、あんたたちに任せたんだ。古代王国の遺跡の発掘は、冒険者にとっちゃ基本《きほん》の基本だしな……」

「わたしたちは基本から学ぶべきだ、と？」

「学んでおいて損《そん》はないんじゃないかな、と……」

リウイは言葉を濁《にご》した。

「それに、どんな噂が流れてたかは知らないが、オレたちだって苦労したんだぜ。呪縛《じゆばく》の島では海賊《かいぞく》に間違えられて捕《と》らえられたし、草原の国の争乱も、オレが解決したんじゃなく、ただ利用されただけ。プリシスでは鮮血の将軍に斬《き》られて、あやうく命を落としかけた。街は解放したとはいえ、元首として帰ってきた軍師のルキアルとは、いろいろ遺恨《いこん》があるしな……」

「しかし、結果的には王子の名声は高まっている。魔法の剣を探すため、東方にやってきたとの噂も広まっている。しかし、わたしたちの任務は極秘《ごくひ》のはず。王子はそれをどう心得られているのか？」

「どうと言われてもな……」

リウイは返事に窮《きゅう》する。

臨機応変《りんきおうへん》に行動していたら、そうなってしまっただけなのだ。

この女騎士はやはり苦手だと、リウイは心のなかでつぶやく。

まず出会いからして最低だった。うっかり彼女らの行く手を遮《さえぎ》ってしまったため、口論になり、決闘寸前《けっとうすんぜん》までいったのだ。

聖剣探索の最初の任務として、墜ちた都市にある魔法王の鍛冶師の館を共同調査《ちょうさ》に行くことになっても、関係は険悪《けんあく》なまま。

ついには互《たが》いの不満が爆発し、リウイはシヴィルと一騎打ちで勝負をすることになったのである。

それに、なんとか勝利し、リウイの命令にシヴィルも従《したが》うようになった。だが、それで相性がよくなったわけではない。もともと正反対の性格《せいかく》なのだ。

(それにしても、弱ったぜ)

リウイは救いを求めるように赤毛の女戦士を振り返ってみた。

シヴィルは、ジーニに憧憬《どうけい》を抱《いだ》いている。女性でありながら長身で頑健《がんけん》な肉体に恵《めぐ》まれ、一流の戦士でいることに。

だが、ジーニのほうは、女騎士の好意をもてあましている。まるで恋人《こいびと》のように、べたべたとすりよってくるからだ。

あわてて顔を背《そむ》け、リウイの視線から逃れると、右頬に描かれた呪払いの紋様を指でなぞりはじめる。

他の三人もリウイに同情しているものの、助けに入るつもりはないようだった。話をややこしくするだけと、分かっているからだ。

(賢明《けんめい》な判断だが、釈然《しゃくぜん》としないぜ……)

リウイは心のなかでつぶやく。

シヴィルの仲間たちも無言だった。同じ不満を抱《いだ》いているのだろうが、隊長の抗議《こうぎ》があまりに厳《きび》しいので、言葉を挟《はさ》めないのかもしれない。

シヴィルは自分たちの苦労がいかに大きなものだったか、そしてそれが報《むく》いのないものであったかを延々《えんえん》と語りつづけた。

不満をぶつけているだけだから、リウイとしては反論のしようもない。理不尽《りふじん》の極《きわ》みというものだが、彼女はまさにそう振る舞っているのである。

リウイは覚悟を決め、神妙《しんみょう》な面持ちで話を聞きつづけ、求められたときには謝《あやま》った。

だが、その我慢《がまん》もいつまでも続くものではない。そして限界がそろそろ近づいてきたと思ったとき——

きた。

「リウイ様！」

愛らしい声がしたかと思うと、薄紅色《うすべに》の長衣に身を包んだ少女が、唐突《とうとつ》に部屋に入ってきた。

黒髪に赤い布の飾《かざ》りをつけ、腰にも長衣の上から同じ色の帯を巻いている。

「マウラ！」

山岳民グリフ族の神子《みこ》であった少女の姿を見て、リウイは思わず笑みを浮かべた。

「今日は、どうしたんだ？」

リウイは訊ねる。

話を中断され、シヴィルがあからさまに不機嫌《ふきげん》になったのは分かったが、あえて気づかないふりをする。

「これを見てください……」

マウラは嬉《うれ》しそうに答えると、開けたままの扉のほうを振り返り、両手を広げた。

しばらく待つと、黒光りする石像が、姿を現《あらわ》す。

「小守護神じゃないか！」

リウイは驚《おどろ》きの声をあげる。

「はい！」

マウラは勢いよくうなずく。

「マナ・ライ様がお弟子に命じて、無の砂漠《さばく》から回収してくださったのです」

「それは、よかったな」

「そればかりではありません……」

マウラは言葉を続けると、ふたたび両手を広げる。

すると、またも扉から小守護神によく似た魔法像《ゴーレム》がもう一体、入ってきた。

「そいつは？」

リウイは驚いて訊ねる。

「守護神の欠片《かけら》からマナ・ライ様が創《つく》ってくださったのです。わたしの部族には守護神の制作者である〝人形使い《ドールマスター》〟ウェゼマーが残した古代書が大量に伝わっていましたから。マナ・ライ様はアトンと戦うため、魔法像の軍団を創設《そうせつ》しようと考えられておられるのです。今はまだ二体が精々《せいぜい》ですが、将来は軍団の魔法像すべてに命令を与《あた》えられるように、わたし、がんばります」

マウラは元気に言った。

守護神の神子としての呪縛から解放されたためだろう。彼女は以前とは比《くら》べられないほど明るく、前向きになっている。

そして無の砂漠で、巨人像を操《あやつ》り魔精霊《ませいれい》アトンと壮絶《そうぜつ》な戦いを演じ、命を落としかけたにもかかわらず、もう一度、あの世界を滅《ほろ》ぼすものと戦うつもりでいるのだ。

「マウラは偉《えら》いな……」

リウイは少女に微笑みかける。

「リウイ様のおかげです。リウイ様がわたしに勇気を授《さず》けてくださったのです。リウイ様こそ真の勇者です！」

マウラは早口で一気に言った。

「どなたですか？　その少女は？」

シヴィルが憮然とした表情で、リウイに訊ねる。

「ああ、紹介が遅れてしまったな。噂には聞いているだろう。巨人像が動き、どこかへ姿を消したということを？」

「その噂なら、パダの村にいるときに……」

シヴィルは不機嫌にうなずく。

「その巨人像を操っていたのが、彼女なのさ。巨人像は実はグリフという小部族の守護神で、彼女はその神子だったんだ。魔精霊アトンが復活したとき、それを滅ぼすことが、巨人像の、グリフ族の使命だった……」

リウイは淡々《たんたん》とした口調で言った。

「あなたがたが巨人像を動かしたのか？」

シヴィルは呆然とした顔で言う。

「まあ、そういうことなんだが……」

リウイは曖昧《あいまい》に答えた。

まずいことを言ったな、と思う。

「わたしたちが、レックスの廃墟で埃にまみれているあいだに……」

シヴィルはふたたび声を震わす。

「リウイ様、この方たちは？」

シヴィルが全身から発する怒《いか》りの霊気《オーラ》などまったく感じていないように、マウラが小首をかしげた。

「オラン王国が組織した聖剣探索隊だ。前に言っただろう。アトンと戦っているのは、オレたちだけじゃないって……」

リウイはそう説明する。

「では、この方々が、わたしたちのお仲間なのですね！」

マウラが表情を輝かせ、シヴィルの側《そば》に寄る。

「マウラと申します。今はマナ・ライ様のもとで、人形使いとしての修行に励《はげ》んでおります。どうか、よろしくお願いします」

マウラはオランの女騎士の手を取ると、にっこりと微笑んだ。

「わ、わたしはシヴィルリア・サイアスだ。ここにいるのは、オラン聖剣探索隊の者で……」

シヴィルは狼狽《ろうばい》の表情を見せながら、四人の仲間をマウラに紹介《しょうかい》してゆく。

マウラはひとりひとりに笑顔で挨拶《あいさつ》し、手を握《にぎ》ってゆく。

「みなさん、本当によろしくお願いします」

最後に、マウラは丁寧にお辞儀《じぎ》をした。

「魔精霊アトンは、本当に恐《おそ》るべき相手です。ですが、絶対に滅ぼさなければなりません。わたしはそのためなら、どんなことでもする覚悟です！」

「そ、そうだな……」

シヴィルは強張《こわば》った表情でうなずく。

少女の無垢《むく》な言葉と笑顔に完全に毒気《どっけ》を抜かれたように見えた。

（よくやった！）

リウイは心のなかで歓声《かんせい》をあげた。

だが、それを顔には出さず、神妙な表情を装《よそお》う。

「オレたちは、数日中に、オランから発《た》つつもりだ。目的地は、イーストエンドだ」

「イーストエンドか……」

リウイの言葉に、シヴィルは顎《あご》に手をかけ、しばらくのあいだ思案した。

「土着の太陽神《たいようしん》を信仰《しんこう》している未開の島だと聞いてはいるが……」

「噂はいろいろある。だが、実際どうかは行ってみないことにはな」

リウイはうなずく。

「ならば、わたしたちの次の目的地はバイカルに決めたぞ！」

シヴィルは挑戦《ちょうせん》的に言った。

「バイカルだって？」

リウイの眉《まゆ》がぴくりと動く。

「もしかして、海賊王の財宝《ざいほう》に挑《いど》むということか……」

古代王国が滅んで間もなくの頃《ころ》、大陸全土の沿岸《えんがん》を荒《あ》らしたという伝説の海賊王が、バイカルの北東にある嵐の海に囲《かこ》まれた群島《ぐんとう》のどこかに莫大《ばくだい》な財宝を隠したという伝説がある。

大陸中に知られた伝説で、多くの者が挑戦したが、嵐《あらし》の海を越えた人間はいないとされる。しかしヴァンが鍛《きた》えた魔法の武具の一覧とその所在を示す石盤《せきばん》には、その群島がある一帯に光の点が輝《かがや》いているのだ。

海賊王の財宝は、ただの伝説ではなく、真実かもしれないとその事実が示している。

「どっちに行くか、迷ったんだけどな……」

リウイはひとりごとのようにつぶやく。

「わたしたちがもっと手間取っていれば、どちらにも行くつもりだったはず」

シヴィルは鋭《するど》くリウイを一瞥《いちべつ》すると、くるりと踵《きびす》を返した。

「わたしたちも準備《じゅんび》を終えれば、すぐに出発する。今度こそはあなたがたより早く、ヴァンの武具を持ち帰るゆえ、お覚悟あれ！」

そう言うと、オランの騎士は大股《おおまた》に部屋をあとにした。

四人の仲間たちは互いに顔を見合わせると、ため息をもらす。

そして隊長に続き、部屋を出ていった。

「なんだか、怒《おこ》っていらしたようですが……」

シヴィルたちを見送ったあと、マウラが申し訳なさそうにリウイを振り返る。

「わたし、なにか気に障《さわ》るようなことをしたのでしょうか？」

「そんなことはない」

　リウイはあわてて首を横に振ると、マウラの小さな肩《かた》に優《やさ》しく手をかけた。

「彼女は、マウラの言葉に刺激《しげき》されて、もっと頑張《がんば》るつもりになった。だから、あえて危《き》険《けん》な場所へ挑《いど》むということさ」

「でも、大丈夫《だいじょうぶ》かしらね……」

　アイラが不安そうにつぶやく。

「海賊王の財宝は、バイカル王国が所有権を主張している。群島に近づく者は、容赦《ようしゃ》なく罰《ばつ》するとの噂だけど……」

「レックスの遺跡で、冒険者として必要なことをちゃんと学べてるんだったら、きっと大丈夫だよ」

　ミレルが明るく言う。

「大丈夫じゃなくても、それはあたしたちの責任じゃないしね」

「人生はすべからく戦いですわ。彼女らに、戦神マイリーの加護《かご》があることを祈りましょう……」

　メリッサがそう言うと、小さく祈りの言葉を捧げる。

「わたしたちだけでは、ヴァンの武具すべてを回収するのは難しい。彼女らにも頑張ってほしいものだがな」

ジーニがため息まじりに言う。

「また、行ってしまわれるのですね……」

マウラが寂《さび》しそうにつぶやいた。

「ああ、行ってくる……」

リウイは少女を元気づけるように、肩をかるく揺らしてやる。

「だが、すぐに帰ってくるさ。マウラはそれまでに魔法像をもっとたくさん操作《そうさ》できるようにがんばってくれ。魔精霊アトンに敗れた守護神の仇《かたき》を討《う》たないとな」

「はい！」

リウイの言葉に、マウラは精一杯《せいいっぱい》の笑顔でうなずいた。

リウイたちが、オランの街を発ったのは、それから五日後のことであった。

さらにその三日後、シヴィルらオラン聖剣探索隊五人も、母国の王都を後にしたのである。

3

船の出港を知らせる銅鑼《どら》の音が、遠くで響《ひび》いている。

赤、緑、金といった派手な色で塗《ぬ》られた建物が並《なら》んでいる街路《がいろ》には、露店《ろてん》が立ち並び、小粒の二枚貝を出汁《だし》で漬《つ》けこんだものや、獣《けもの》の内臓《ないぞう》を血で煮込《にこ》み香菜を和《あ》えた小皿料理らが売られていた。

光沢《こうたく》のある独特《どくとく》の衣装《いしょう》に身を包んだ人々が、忙《せわ》しなく行き来し、訛《なまり》の強い東方語が、早口で飛びかっている。

ここは、ムディール王国の同名の王都である。リウイたちは、オランから瞬間移動《テレポート》の魔法でいったんミラルゴへ飛び、そこから街道《かいどう》を北に上がって、この大陸の最果《さいは》てへとやってきた。

ムディールは、マズラウムとマハトーヤというふたつの山脈に囲まれた狭い平野に興《おこ》された王国で、昔と変わらぬ文化を営《いとな》んでいる。

良港に恵まれた港湾《こうわん》都市であり、古くから海運業で栄《さか》えてきた。武装《ぶそう》商船として人々に知られる交易船は、アレクラスト大陸中の沿岸を巡《めぐ》っている。東回りと西回りのふたつの航路《こうろ》により、大陸の物産が流通しているわけだ。

「ここが、東の果ての島と言われても納得《なっとく》しちゃうぐらい独特の雰囲気《ふんいき》だよね……」

ミレルが落ち着きなく周囲を見回しながらつぶやいた。

「大陸各地にある今の国々は、多かれ少なかれ古代王国の様式を受け継《つ》いでいるからな。もとは蛮族《ばんぞく》と蔑《さげす》まれた小部族だったわけだが、統合《とうごう》が進み王国となると、優《すぐ》れた文化を模《も》倣《ほう》したくなったんだろう……」

リウイが苦笑まじりに言う。

「ミラルゴやここムディールは、そういう意味では特別だな。小部族時代の風習や様式が、色濃《いろこ》く残っている」

「なんというか、落ち着かない街ですわ。ラムリアースやオーファンが静かで色彩《しきさい》に乏《とぼ》しい街だったせいだと思いますが……」

メリッサが眉《まゆ》をひそめながら言う。

「たしかに騒々《そうぞう》しいけど、この活気は嫌《きら》いじゃないわね。なんでもお金で解決できそうな雰囲気《ふんいき》がわたし好みかも……」

魔法の眼鏡《めがね》に手をかけ、露店に並んでいる大陸各地の特産品の値踏《ねぶ》みをしながら、アイラが含《ふく》み笑いをもらした。

「剣の腕も、ここでは求められるようだ。そこかしこに傭兵《ようへい》ふうの男たちが溢《あふ》れている。

武装商船の水兵として雇《やと》われるんだろうな」

　ジーニがぼそりと言う。

「ま、オレたちのような余所者《よそもの》が歩いていても、奇異《きい》の目で見られないというのはありがたいことさ」

　リウイが満足げに言う。

「さて、船乗りたちが集まる酒場へと行こうぜ。イーストエンドの情報を集めないとな。それに船の手配もしないと……」

「冒険者の常道《じょうどう》よね。あの女騎士も、理解しているといいけどね」

　ミレルが心配そうに言う。

「半年以上も、パダの村に滞在《たいざい》してたんだ。いろいろ鍛えられたと思うぜ」

　リウイがにやりとする。

「面倒を押しつけたのも事実だが、それが彼女らのためになると思ったことも嘘《うそ》じゃないんだから」

「彼女も分かっているはずだ。だが、素直な性格じゃないからな。それを認《みと》めるのが悔《くや》しいのだろう」

　ジーニが微笑をもらす。

そしてリウイたちは目についた酒場へと入った。看板《かんばん》には〝海神《かいじん》の祠《ほこら》〟とある。扉をくぐると室内は、朱《しゅ》色の調度品で統一されていた。客は大勢《おおぜい》、入っていて空《あ》いているテーブルはひとつもなかった。

「ま、これはこれで、都合《つごう》がいいというものさ」

リウイはひとりごとのようにつぶやくと、仲間たちと目で合図《あいず》をする。

心得たように、彼女らはばらばらに分かれて、空いた席についた。客から、情報を仕入れるためである。

ただメリッサだけは、リウイの隣の席に座る。

「ここは三人に任せて、オレたちはゆっくり待つとしようぜ」

リウイはメリッサに笑いかけると、やってきた店員に酒と食事を注文した。

「申し訳ありません……」

メリッサはわずかにうなだれる。

酒場では何度、騒動を起こしたかしれない。彼女はなぜか、酔客《すいきゃく》によくからまれるのだ。

(無理もないな)

メリッサは、青い血が流れていると言われるラムリアースの貴族令嬢《れいじょう》なのだ。

金細工のような豪奢《ごうしゃ》な髪、瞳《ひとみ》は青く澄《す》み、肌《はだ》は雪のように白い。胸《むね》と腰《こし》は豊《ゆた》かだが、胴《どう》は細く締《し》まっている。手足はすらりと長く、しなやかに動く。彼女の高貴《こうき》な美しさは、完成されている。こんな市井《しせい》の酒場にいることがそもそも場違いなのだ。

普段なら、遠巻きに眺《なが》めるだけで満足だろう。だが、酒が入ると、男は無意味に勇敢《ゆうかん》になるものなのだ。そしてメリッサに挑んでゆき、結果は当人にとっても彼女にとっても不幸なものになる。

「どうかされました？」

リウイがじっと見つめているので、メリッサはわずかに頬を赤くした。

「ちょっと見とれていただけさ。気にしないでくれ」

リウイは冗談《じょうだん》めかして言うと、運ばれてきた酒に口をつけた。

それから、それとなく同じテーブルにいる客の様子をうかがう。

自分たちの他に、六人の客が座っていた。三人は街の住人らしく、ふたりはおそらく水夫、そしてもうひとりは見慣れぬ衣服を身に着けた旅人ふうである。

リウイは同席の客たちの話声に注意しながら、不自然にならないようメリッサと会話をかわす。

今回も、エレミアの交易《こうえき》商人ルーイという名を使うことに決めてある。女性ばかりを連れ歩くには、もっとも説明が簡単《かんたん》だからだ。

エレミア王家のこと、商売のことなどを話しているうちに、昼時が終わり、相席の客たちはひとりまたひとりと発っていった。

ただ、旅人ふうの男だけが残る。

そして入れ替《か》わりに、ジーニたち三人が、相次《あいつ》いでやってきた。

「どうだった？」

リウイは彼女らに訊ねた。

「さすがに、海運の街ね。イーストエンドの話はいろいろと聞けたわよ」

アイラが旅人ふうの男に多少、気遣《きづか》いながら、リウイに答えた。

「新しい商売はできそうかな？」

「大陸との交易は、ほとんどしていないみたい。豊かな島で自給自足《じきゅうじそく》でやってゆけるんだそうよ」

アイラは運ばれてきた緑茶と茶菓子に手をつけながら答えた。

「ただ、ムディールの武装商船だけは、一年に何回か、入港を許《ゆる》されるそうよ。イーストエンドの人たちは、民族的にこの国の人々と近いらしく髪や肌の色は同じなんだって」

「逆に言えば、他国とはまったく交易していないということか……」

噂どおり、イーストエンドは閉鎖的《へいさ》なようだ。

「これは、海を渡るだけでも一苦労かもな」

呪《のろ》われた島へ渡ったときのことを思いだし、リウイはつい苦笑をもらした。

そのときである。

店の扉をくぐり、ひとりの男が入ってきた。

「至高神《しこうしん》ファリスの神官かよ？」

リウイは男を観察し、怪訝《けげん》そうにつぶやく。

ファリス信仰はこの国では盛《さか》んではない。商業神であるチャ・ザがもっとも信者が多く、海の神々も船乗りたちを中心に信奉《しんぽう》されている。

「そのようですわね」

メリッサがうなずく。

男は純白《じゅんぱく》の神官衣を身に着けている。胸には銀十字の聖印《せいいん》が誇《ほこ》らしく刺繍《ししゅう》されてあった。

「修行の旅の途中《とちゅう》でしょうか？　あるいは布教《ふきょう》のため、この国に滞在されているのかも……」

五人が注目するなか、ファリスの神官は店内をじろじろと見回した。

そして唐突《とうとつ》に大声をあげはじめる。

「どなたか、船主様はおられませんか？　わたくしを、東の果ての島へと連れていってほしいのです……」

男は三度、同じ言葉を繰《く》り返した。

「うるせぇぞ！」

たちまち、水夫と思《おぼ》しき客から罵声《ばせい》が浴《あ》びせられる。

「ああいうやり方もあったんだね……」

ミレルが呆然とつぶやいた。

「堂々《どうどう》たるものだな」

ジーニが感心したようにうなずく。

「オレたちには無理だな。あれでは、どう考えても目立つ。それに騒動にもなる」

リウイはため息まじりに言うと、首を横に振った。

「懺悔《ざんげ》なさい！　偉大《いだい》なる至高神は寛容《かんよう》の御心《みこころ》で、きっとあなたをお許《ゆる》しになることでしょう」

ファリスの神官は、罵声をあげた水夫に諭《さと》すように言った。

「あんなことを言ったら、火に油だぜ」

リウイは思わず頭を抱《かか》えた。

「どうする？　この場からさっさと退散《たいさん》かしら？」

アイラがリウイに判断を求める。

「そうも、ゆかないだろう……」

リウイは苦笑《くしょう》をもらすと、ゆっくりと席を立った。

そのときには、ファリスの神官は水夫とその仲間数人に殴《なぐ》りかかられていた。神官戦士の修行をしたことはないのか、あっという間に床《ゆか》に倒《たお》され、足蹴《あしげ》りを入れられる。

「暴力を振るってはなりません！　それは、自らの邪悪《じゃあく》な心に屈《くつ》することです！」

神官の話し方は抑揚《よくよう》が変で、どこかしら人の心を逆撫《さかな》でするところがあった。

「そこまでにしときな」

リウイは水夫たちに声をかける。

「なんだ、てめぇは？」

気の荒《あら》い水夫たちは、リウイにもくってかかってきた。

だが、その圧倒《あっとう》的な体格を見て、思わず息を呑む。

リウイは愛想《あいそ》笑いを浮かべると、男たちに宝石を一個投げてよこした。

「そいつで、どこかで飲みなおすんだな。そのほうが気が晴れるってもんだろう」

それに従《したが》わないようなら、リウイは当然、実力行使をするつもりでいる。

その気配を察したのだろう。水夫たちは互いに顔を見合わせると、うなずきあってその場から立ち去った。

「おお、あなたは正義のなんたるかを知っています。偉大《いだい》なる至高神は、あなたに祝福《しゅくふく》と加護《かご》とを授《さず》けることでしょう」

殴《なぐ》る蹴《け》るの暴行を受けたばかりだというのに、ファリス神官はけろりとした顔で立ち上がった。

「大丈夫なのか？」

リウイは驚いて訊ねる。

「神が与えた試練《しれん》です。痛みにも、感謝《かんしゃ》をしたいぐらいです」

「そ、そうなのか？」

リウイは鳥肌が立つのを覚えた。

どう考えても神の試練ではなく、自らが招《まね》いた災難《さいなん》なのだが……

（あまりかかわりにならないほうがよさそうだな）

リウイの心に警報《けいほう》が鳴る。

礼をさせてくれ、と繰《く》り返す神官をかるくあしらって、仲間たちのもとへもどった。

「珍《めずら》しく収《おさ》まったわね」

アイラが悪戯《いたずら》っぽく笑う。

「あなたのほうが派手《はで》に暴《あば》れると思って見てたんだけど……」

「相手がひかなかったら、そのつもりだったさ」

リウイはにやりとした。

「それより、さっさとここを出ようぜ。直感でしかないが、あのファリスの神官は危険だ」

「賛成《さんせい》。でも、嫌《いや》な予感がするよね。目的地、あたしたちと同じなんでしょ?」

ミレルが顔をしかめる。

「ま、あの様子じゃ、無事にたどり着けるかどうか疑問《ぎもん》だけどな」

リウイは肩《かた》をすくめた。

「オレたちは、もっと慎重《しんちょう》にやろうぜ」

「そうだね」

ミレルが笑顔になってうなずく。

そのときだった。

「失礼ながら……」

と、相席していた旅人ふうの男が、ひどく訛《なまり》のある東方語で話しかけてきた。

それまで無言だったのだが、今は人懐《ひとなつ》っこい笑顔を浮かべている。

「話を聞くかぎり、あなたたちもイーストエンドへ渡ろうとしていると理解したのだが？」

「そのつもりだが、あんたは？」

リウイは訊ねかえす。

「わたしは、ソーマ……」

男はそう答えると、テーブルに文字のような模様《もよう》のようなものを書いてみせた。

「見たことがないな」

リウイはしばらく眺めたあと、首を横に振る。

「イーストエンドに行けば、いくらでも見ることになる」

ソーマと名乗った男は、そう答えた。

「つまり、あんたは？」

リウイは思わず、テーブルに身を乗り出していた。

「そう、わたしはあなたたちが東の果て《イーストエンド》と呼ぶ島の者……」

ソーマはうなずくと、さらにこう続けたのである。

「お望みなら、わたしがあなたたちをお連れしよう」

と――

そのとき、新たな船の出港を知らせる銅鑼《どら》の音が、遠くから響《ひび》いてきた。

第2章　炎《ほのお》の娘《むすめ》

1

黒っぽい色をした海が広がっている。

遠くに鳥が群《む》れるのが見える。

波がうねるたび、船はゆったりと上下した。ムディールの酒場で出会ったソーマという男の船である。

イーストエンドから渡《わた》ってきた交易商人《こうえきしょうにん》だと、彼は名乗っている。

もっとも、それが本当かどうかは分からない。

(どちらでもいいさ)

舳先《へさき》に立ち、潮風《しおかぜ》を全身に浴《あ》びながら、リウイはそう考えていた。

船乗りの数は、二十人ほど。たとえ彼らが海賊《かいぞく》であったとしても、どうにかなる数だ。

呪《のろ》われた島へと渡ったときも、乗り込んだ船は海賊船だった。

もっとも、それは承知《しょうち》のうえだった。船を乗っ取り、そのままロードスまで航海《こうかい》させようと考えたのである。

だが、戦いがはじまると、海賊たちは降伏《こうふく》しようとはせず、最後まで抵抗《ていこう》した。やむをえず全滅《ぜんめつ》させ、わずかな生き残りも、小舟に乗せて追いだすしかなかった。

そのため、魔法《まほう》の力を使いつつ、自力で航海することになった。漂流《ひょうりゅう》しているも同然だったが、なんとか目的地にたどり着くことができた。一生分の幸運の、かなりの割合《わりあい》を使ったかもしれないが……

それに比《くら》べれば、今回は極《きわ》めて順調だ。ムディールの港を出てからまだ二日。そして明日には、イーストエンドに到着《とうちゃく》するとのことだ。

そのとき、

「今日は波が高いが、気分は平気かな？」

と、訛《なまり》の強い東方語《とうほうご》で呼びかけられた。

振《ふ》り返ると、両手を懐《ふところ》に入れ、衣服の袖《そで》を風になびかせているソーマの姿があった。

「船倉《せんそう》にいるときは、ちょっと優《すぐ》れなかったが、風に当たって、今はすっきりとしている」

リウイは笑顔になって答えた。

「昨夜《さくや》、飲み比べたときも、平然としたものだったな」

そう言うと、ソーマは懐から手をだし、首筋《くびすじ》を二度ばかり叩《たた》く。

「わたしは不覚にも、頭のなかでまだ銅鑼《どら》が鳴り続けているよ」

「いや、あんたも、たいしたもんだぜ。あれだけ飲んだのは、オレも久《ひさ》しぶりだった」

「今、積んでいる酒は売り物なのだが、あやうく飲みほしてしまうところだったよ……」

ソーマは苦笑《くしょう》まじりに言う。

「大陸の果実酒《かじつしゅ》は甘《あま》くて、どうも性《しょう》に合わない。今度は故郷《こきょう》の穀物酒《こくもつしゅ》で、もうひと勝負しよう」

「いつでも応《おう》じるぜ」

リウイはにやりとした。

そう訊《たず》ねてみる。

「そのあんたの故郷なんだが、いったいどういうところなんだ？」

昨夜はおもにリウイのほうが語る側だった。求められるままに、アレクラスト大陸の情《じょう》勢《せい》について教えた。もっとも、諸王国の内実については、微妙《びみょう》なところには触《ふ》れないでおいた。

「見れば分かるが、美しいところだよ」

ソーマは目を細《ほそ》め、船の進行方向に視線《しせん》を向ける。

「とくにこの時季は最高だ。花が咲《さ》きほこり、新緑が芽吹《めぶ》く」

「氷の季節ももう終わりだからな」

リウイはうなずいた。

「その一言で片付けられるのは、心外というものだ」

ソーマは、顔をしかめる。

「イーストエンドはどこよりも四季の移《うつ》り変わりが鮮明《せんめい》なのだよ。それぞれに、特徴《とくちょう》的な美しさがある」

「それは、すまなかったな」

リウイはすぐに詫《わ》びた。

ソーマが、故郷を愛しているのは間違《まちが》いない。そして、それは悪いことではないのだ。

「自然も豊《ゆた》かで、貧《まず》しいながらも人々は暮《く》らしてゆける。だが、魔物《まもの》にとっても、イーストエンドは棲《す》み心地《ごこち》がよいらしくてな……」

「魔物？」

ソーマの言葉に、リウイの眉《まゆ》がぴくりと動く。

「それは、ぜひ見てみたいものだな」

「物好きだな……」

ソーマは顔をしかめる。

「なかには、邪神《じゃしん》と呼ぶしかないような恐《おそ》ろしい魔物もいるのだぞ？　昔は、生贄《いけにえ》を捧《ささ》げて鎮《しず》めていたぐらいだ」

「生贄か……」

リウイの表情が厳《きび》しくなる。

人間は決して無力ではない。それが魔物に屈服《くっぷく》するというのは、よほどのことだ。

「昔の話だ……」

ソーマはそう繰《く》り返した。

自らに言い聞かせているようだと、リウイは感じた。

「あんたの国は、太陽神を信仰《しんこう》する教団《きょうだん》によって、統治《とうち》されていると聞いているが？」

そう訊ねる。

「天照神《てんしょう》シャナだ」

ソーマは憮然《ぶぜん》とし、訂正《ていせい》する。

「太陽神だよな？」

「神格《しんかく》としては、そうだ」

「なるほど……」

リウイはうなずいた。

大陸で太陽神といえば、至高神《しこうしん》とされるファリスである。

イーストエンドでは、シャナという神を、太陽神として崇《あが》めているということだ。

人々が信じれば、それは彼らにとっての太陽神で何も問題はない。

神々は、人間が自分たちをどう信仰しようが、まるで意に介《かい》していないように感じられる。肉体を失い、世界に介入《かいにゅう》する術《すべ》を失っているためだろうか？

幸運神であったチャ・ザは、今ではむしろ商業神として信仰されることが多い。

大地母神《だいちぼしん》マーファも、もともとは創造《そうぞう》の女神なのだが、豊穣《ほうじょう》や婚姻《こんいん》の守護《しゅご》女神としての神格を与えられている。

神々は、自らと精神《せいしん》が繋《つな》がる司祭《しさい》たちが望むとおりに、恩恵《おんけい》を与えるだけなのだ。

「天照神シャナを祭る神宮《じんぐう》が、イーストエンドを治めている。最高司祭を皇女とし、司祭と神官戦士団がそれを補佐《ほさ》しているのだ」

「神官政治というわけだな。聖《せい》王国アノスも、そうだが……」

もっとも、アノスには国王がいて、世俗《せぞく》の統治を行っている。ただし、国王は世襲《せしゅう》ではなく、その任命権《にんめいけん》はファリス教団にある。国を統治する法も、厳格《げんかく》なファリスの教義《きょうぎ》だ。

「イーストエンドには、いくつもの部族があり、それぞれに掟《おきて》があったのだ。部族は互《たが》いに争い、人々が安まることはなかった。それを天照神の教団がまとめ、ひとつの国としたのだ」

と、ソーマが説明を加える。

武力《ぶりょく》でまとまらなかったものが、信仰でまとまったということだ。

天照神シャナがどのような神かは知らないが、イーストエンドにとって、救いとなったのは間違いない。

「イーストエンドは外国との交易はほとんど行っていないと聞いていたんだが、あんたのような交易商人がいるというのは意外だったな……」

「海賊も交易も、実はたいした差がないものでな」

ソーマが意味ありげに言う。

「どちらで金を稼《かせ》ぐかだけだ。ムディールの船は交易が、そしてバイカルの船は海賊が本業だがな」

「そうなのか……」

リウイは感心したようにうなずく。

「で、あんたはどっちなんだい？」

「今は、交易商人だな」

ソーマは微笑《びしょう》を浮かべた。

「大陸から交易品をたくさん積《つ》んだ。客も拾えた。今回の航海は、大成功だ……」

「客というなら、あのファリスの神官も乗せてやったらよかったんじゃないか？」

ムディールの酒場《さかば》で、イーストエンドへ渡りたいと大声で叫《さけ》んでいたファリス神官のことを、リウイは思いだした。

「ああ、あいつか？　関《かか》わりあいたくなかったんだ」

「あんたとは気が合いそうだよ」

リウイは大きくうなずいた。

そのときである。

「ソーマ様！」

と、誰かが叫んだ。

船の中央にある帆柱《ほばしら》に設《もう》けられた見張《みは》り台にいる男が声をあげたのだ。

「どうした？」

ソーマは訊《たず》ねかえす。

「遠くに船が見えます。どうやら、バイカルの小型船ですね」

「バイカル？　海賊ということか？」

リウイの眉《まゆ》がぴくりと動いた。

「さっき言っただろう。海賊も交易も、たいした差がないと。相手がどちらのつもりでいるかだな……」

ソーマはにやりとし、

「針路《しんろ》はこのままだ。相手の出方に合わせるとしよう」

と、舵取《かじと》りと漕《こ》ぎ手頭《てがしら》に指示《しじ》を与えた。

「逃げるつもりはないんだな？」

リウイは楽しそうな顔をする。

「当然……」

ソーマは水平線を鋭《するど》い目で見つめた。

「バイカルの船は、最近になって、イーストエンドの沿岸《えんがん》に姿《すがた》を見せるようになったのだ。なかには、船や集落を襲撃するものもある……」

「最近になって？」

「ああ、隣国《りんごく》との戦争が終わったらしい。そして財政《ざいせい》は困窮《こんきゅう》している。そこで、本業に勤《いそ》しみだしたというところだろうな」

「そいつは、災難《さいなん》だな……」

リウイは呻《うめ》いた。

ロドーリルが侵略戦争《しんりやくせんそう》から手を引き、大陸は平和を取りもどしたと思っていた。

だが、そのせいで、バイカルの海賊船が、イーストエンドの沿岸を荒らしはじめているというのである。

(世の中、ままならないものだな)

と、心のなかでつぶやく。

「もし、襲《おそ》いかかってくるようなら、オレたちも戦わせてもらうぜ」

罪悪感《ざいあくかん》ではなく、リウイはそう申し出た。

海賊たちの獲物《えもの》は、なにも積荷《つみに》ばかりではないのだ。

「客に怪我《けが》をしてもらっては困《こま》るのだが、言っても聞かぬだろうしな」

好きにしろ、とソーマは答えた。

しばらくすると、リウイの目にも、小型の船が見えた。両側に細長い櫂《かい》が、何本も突《つ》きでている。

角笛《つのぶえ》の音が、潮風《しおかぜ》に乗って、かすかに聞こえた。

「どうやら、やる気みたいだな」

リウイが言うと、ソーマは悠然《ゆうぜん》とうなずき、船乗りたちを振《ふ》り返《かえ》った。

そして芝居《しばい》がかった口調で、呼びかけたのである。

「皆《みな》の衆《しゅう》、祭だぜぇ」

2

真っ白な砂浜《すなはま》だった。

遠くに大きな岩があり、その近くに針のような葉の樹木《じゅもく》が一本、茂《しげ》っている。

リウイたちは砂浜に立ち、遠ざかってゆくソーマの船を呆然と見送っていた。

「本当に、ここはイーストエンドなのかな……」

ミレルが不安そうにつぶやく。

「初めて来る場所だからな。確かめようもないわね」

アイラが肩をすくめる。

「嘘《うそ》を言うような男には見えなかったが」

ジーニがぼそりと言った。

「オレたちを、他の場所に置き去りにする理由はないしな」

リウイは苦笑まじりに言った。

「これから、どうするの？」

ミレルが訊ねる。

「問題はそこだよな」

リウイは腕組《うでぐ》みをした。

しばらく考えてみたが、何も思い浮かばない。

「まさか、こんな場所に放《ほう》りだされるとは予想していなかったからな」

大きな港街《みなとまち》まで運んでもらえるものと、思っていたのだ。

だが、ソーマにはイーストエンドまで乗せてくれと頼んだだけだから、約束は果たされている。

ここが、別の場所でなかったらだが……

「謎《なぞ》めいた男だったな」

ジーニが呪払《のろいばら》いの紋様《もんよう》を指でなぞりながら、つぶやく。

「まったくですわ。交易商と名乗っていましたが本当かどうか……」

メリッサが大きくため息をつく。

「それについては、オレたちも同様だけどな」

リウイは苦笑する。

斧《おの》を振りかざして、船に乗り込んできたバイカルの海賊たちを、ソーマと彼の船乗りたちは、まったく問題にもしなかった。

殺すまでもなく、次々と海に叩《たた》き落とすと、無人となったバイカル船に逆に乗り込み、そこにあった積荷《つみに》を、食料と水だけを残し、すべて奪《うば》い取ってしまった。

その手際《てぎわ》は見事《みごと》というしかなかった。

「あいつとは、どこかで再会《さいかい》するだろうな」

リウイはぽつりと言った。

「向こうも、きっと、そう思ってるわね」

アイラは、笑顔でうなずく。

「わたくしたちの目的は、ヴァンが鍛《きた》えた武具《ぶぐ》を探すことですが、そこにたどりつくまでは、いろいろ試練《しれん》がありそうですわね」

メリッサが胸の前で手を組み、満足そうな表情で言った。

彼女にとっては、それこそが本意なのだ。

「とにかく、ティカとクリシュをここに呼ぼう。船で三日の航海とはいえ、ほとんどが陸伝いだったからな。空を飛べば、たやすく海を越《こ》えられるだろう」

リウイはそう言うと、砂浜に置いたままの大きな荷物を背負《せお》った。

「そのあいだ、あたしたちは？」

どうするの、とミレルが訊ねてくる。

「どこか、落ち着ける場所を探しておこう」

リウイは周囲を見渡してみるが、人の気配はまったくなかった。もし集落が見つかっても、歓迎《かんげい》してくれるという保証《ほしょう》はない。

「とにかく歩いてみるしかない。あとは、なりゆきしだいだな」

手がかりが何もないのだから、ここで迷《まよ》っていてもしかたがない。

リウイたちは、浜辺を北東に向かって、歩きはじめた。

日がしだいに高くなり、穏《おだ》やかな春の光が砂と波に弾《はじ》けて煌《きら》めいている。

右手に見える山々は新緑に包まれているが、ところどころに、葉ではなく薄紅色《うすべにいろ》の花を枝《えだ》いっぱいにつけた樹木が茂《しげ》っていた。

「綺麗《きれい》ねぇ」

アイラが魔法の眼鏡《めがね》に手をかけながら、感嘆《かんたん》の声をあげる。

「まったくだ……」

ソーマがこの自然を誇《ほこ》りにしているのも、うなずけた。魂《たましい》が揺《ゆ》さぶられるような威圧感《いあっかん》を覚える。

リウイたちは海岸に沿《そ》って歩き、いくつかの岬《みさき》と入江を越えた。

そして日が頂点《ちょうてん》に達《たっ》した頃《ころ》にそれを見つけた。

ふたりの子供《こども》が、黒い塊《かたまり》のようなものを棒《ぼう》で突《つ》いていたのだ。

「近くに漁村《ぎょそん》でもあるんだろうな……」

リウイは仲間たちと視線《しせん》をかわす。

脅《おど》かしたくないので、他愛《たあい》のない話をしながら近づいてゆく。

それで、子供たちもこちらに気づいた。

「やあ……」

不自然にならないよう気をつけながら、そう笑いかけてみる。

しかし——

子供たちは、何事か大声で叫びながら、山のほうへと駆《か》け去っていった。

「駄目《だめ》だったか……」

リウイはため息をつく。

子供たちがいなくなり、あとには黒い塊だけが残った。

「あれ、人じゃないかな？」

ミレルが指差す。

目をこらしてみると、たしかに人のように見えた。

「水死体かもな」

全員があわてて走りだす。

近づくにつれ、人が仰向《あおむ》けに倒《たお》れているのだと分かった。

黒い長衣のようなものを身に着けている。

「こいつ……」

真っ先に駆けつけ、覗《のぞ》きこんだミレルが悲鳴《ひめい》にも似《に》た声をあげた。

「どうした？」

死体を見たぐらいで悲鳴をあげるようなミレルではない。いったい何に驚《おどろ》いたのかと怪《け》訝《げん》に思いながら、リウイも確かめてみた。

そして思わず顔をしかめる。

驚いたことに、ムディールの酒場で騒動《そうどう》を起こしたあのファリスの神官だったのだ。

黒い神官衣は、異教《いきよう》の地で布教《ふきよう》をするときに着るものだと聞いたことがある。胸《むね》に刺繍《ししゆう》されている銀十字の聖印《せいいん》が、今は彼の墓標《ぼひよう》のようにも見えた。

「やはり、生きてたどり着けなかったのですね……」

メリッサが神官の側にひざまづくと、冥福《めいふく》を祈《いの》ろうと両手を組む。

だが、その瞬間《しゆんかん》、男は鯨《くじら》が潮《しお》を噴《ふ》くように口から水を吐《は》きだした。

メリッサがそれをまともに浴《あ》びて、きゃあと悲鳴をあげる。

そして、ファリスの神官はむくっと上体を起こした。

「不浄《ふじょう》なるものよ、滅《ほろ》び去れ！」

メリッサが鎮魂《ターンアンデッド》の奇跡《きせき》を願う。

だが、何も起こらなかった。

「生きているのか……」

リウイは感心したように言う。

「ひどいめにあいました……」

神官はそう言って、至高神の名を数度、唱えた。

そして訊ねてもいないことを語りはじめる。あの酒場での騒動の後も、彼は船主を探《さが》してムディールの街で叫びまわっていたのだ。すると、ひとりの男が接触《せっしょく》してきて、イーストエンドへ渡してやるという。

神の導《みちび》きと、彼は一艘《いっそう》の小舟に喜んで乗った。そのまま沖《おき》へと出ると、別の船に移《うつ》された。だが、それはバイカルの海賊船だったのである。不足した漕ぎ手を補《おぎな》うため、彼は捕《と》らえられたのだ。

しかし、これも神の試練だと、彼は声高《こわだか》に至高神の教えを説きながら、櫂を漕ぎつづけたのである。

それがあまりにも煩《うるさ》かったので、海賊船の船長の怒《いか》りを買い、彼は海に放り込まれてしまった。

「……暗い海を漂《ただよ》っているうちに、わたしは一本の流木を見つけたのです」

それに摑《つか》まって流されるうちに、彼はこの砂浜へとたどりついたのである。

そして力尽《つ》き、意識《いしき》を失っていたというわけだ。

「ですが、もう大丈夫です」

語尾《ごび》が伸《の》びる奇妙《きみょう》な発音の東方語で、神官は言った。

「正義《せいぎ》のなんたるかを知るあなたと再会できたのは至高神の導《みちび》きに違いありません」

「いや、幸運神の気まぐれだな」

リウイはあわてて言った。

(あるいは暗黒神《あんこくしん》の呪《のろ》いか、だ)

と、心のなかで続ける。

この男と拘《かか》わるとろくなことにはならないと、本能《ほんのう》が告げている。ソーマもまったく同じ理由から、彼を船には乗せなかった。

「名前ぐらいは、聞いておいてやるよ」

リウイはファリス神官に訊ね、自らはエレミアの交易商人ルーイと名乗る。

「わたしはサベルといいます」

そう答えがあった。

「この国は、誤《あやま》った太陽神を信仰しています。それを正すため、やってきました」

「そうか……」

思わず表情が強張《こわば》った。

志《こころざし》は立派《りっぱ》だが、この国を治めているのは、その誤った太陽神、すなわち天照神シャナの教団なのだ。

それを果《は》たすためには、命がいくつあっても足りそうにない。

「達者《たっしゃ》でな……」

サベルという名の神官にそう告げると、彼の制止《せいし》の声も聞こえないふりをして、足早にその場から去った。

「子供たちの跡《あと》を追ってみよう」

仲間たちに呼びかけた。

「承知《しょうち》だ」

ジーニがうなずき、先頭に立った。

砂浜には子供たちの足跡がくっきりと残っているが、その向こうは針葉樹《しんようじゅ》の林があり、山へと続いている。

優《すぐ》れた狩人《かりうど》である彼女なら、子供を追跡《ついせき》するのは容易《たやす》いはずだ。その先には、集落があるに違いない。

「大人たちはオレたちを見て、いったいどんな反応《はんのう》を見せるかな……」

それ次第で、これからの行動方針《ほうしん》はまったく変わる。

なるべく穏便《おんびん》にゆきたいが、それができない場合には強引《ごういん》な手段に出るしかない。使命は絶対に果たさなければならないのだ。

世界を破滅《はめつ》から救うためなのだから——

3

砂浜で出会った子供たちの跡を追ってゆくと、やがて谷に行きあたった。

谷底には川が流れ、狭《せま》い道が川にそって走っている。

「子供たちは、川上へと向かっているな」

ジーニが足跡を調べ、言った。

「登ってみよう」

リウイはうなずいた。

細く険《けわ》しい坂道である。

谷底まではかなりの高さがあり、落下するとかなり危険《きけん》だ。

落下制御《フォーリング・コントロール》を瞬間詠唱《しゅんかんえいしょう》できるよう、頭のなかに思い浮《う》かべておく。

そうして、しばらく登っていったとき——

風を切る音が突然、響《ひび》いた。

リウイは側にいたアイラを抱《かか》えて、地面に身を伏《ふ》せる。

かつんという乾《かわ》いた音がして、近くの木に矢が突《つ》き刺《さ》さった。

「なんで、あたしを庇《かば》ってくれないの」

ミレルが猛烈《もうれつ》に抗議《こうぎ》した。

「オレより早く身を伏《ふ》せてたじゃないか」

リウイは苦笑《くしょう》した。

「あ……」

ミレルもそれに気づき、言葉を失う。

「こういうのって、反射で動いちゃうのよね……」

「それで、いいんだよ」

そうミレルにうなずくと、矢が飛んできた方向を確かめてみる。

対岸に、人の姿があった。

白い衣服を着て、朱《しゅ》に塗《ぬ》った長弓《ちょうきゅう》を構《かま》えている。

気合の声とともに、ふたたび矢を放ってきた。

ジーニが大剣《グレートソード》の刀身で、それを受け止める。甲高《かんだか》い金属音《きんぞくおん》が谷にこだましていった。

「強い弓を引くものだ」

ジーニが感心したようにつぶやく。

「それにしても、問答無用というのはな」

リウイは怒りを覚えていた。

もし、身を伏せていなかったら、矢はこめかみに突き刺さっていただろう。

「どうする？　この距離《きょり》なら、魔法も届《とど》くけど……」

アイラがリウイを見つめた。

彼女も感情的になっているようで、声がわずかに震《ふる》えていた。

「邪《イーヴィル・アイ》眼の魔力《まりょく》もおそらく使えるわ……」

そう言って、いつもかけている眼鏡に手をかける。

〝四つの眼〟という銘《めい》の魔法の眼鏡《めがね》には、その名のとおり四つの魔力が付与《ふよ》されている。

そのひとつが視線だけで生き物を呪殺《じゅさつ》する邪眼《じゃがん》の魔力なのである。

「いや、まだ平和的にゆこう。オレを瞬間移動《テレポート》で向こうへ飛ばしてくれ」

「わかった……」

アイラはうなずくと、古代語魔法の詠唱《えいしょう》をはじめた。

「……汝《なんじ》が双脚《そうきゃく》は時空《じくう》を超《こ》える！」

そして呪文は完成した。

その瞬間、リウイの視界がいきなり変わる。すぐ目の前に、白い服が見えた。長い黒髪《くろかみ》を白い紐《ひも》でまとめ、まっすぐ背中に流している。

細身《ほそみ》で、小柄《こがら》に見えた。

リウイが突然、側に現《あらわ》れたのに気づき、弓を捨て、身構《みがま》えようとする。

だが、そのときには、リウイは身体《からだ》ごとぶつかっていた。

そのまま地面に押し倒《たお》し、馬乗りになる。襟《えり》を摑《つか》んで、首筋《くびすじ》を絞《し》めあげようとした。

そして気がついた。

胸が柔《やわ》らかな曲線《きょくせん》を描《えが》いていることに……

「女なのか？」

リウイは一瞬、硬直《こうちょく》する。

その隙《すき》をついて、女が気合の声とともに、投げを試《こころ》みた。

だが、体勢《たいせい》が悪く、またリウイの体格もあって、それは失敗に終わる。

「大人しくしてくれないかな?」

リウイは東方語と共通語の両方で言った。

「殺せ!」

流暢《りゅうちょう》な共通語で、女は言った。

「あいにくだが、こちらには、あんたを殺す理由はない。オレの名は、ルーイ。エレミア王国の交易商だ。ここには新しい商売をはじめたくてやってきただけだ」

「汚《けが》らわしい異人《いじん》め……」

女は唾《つば》を吐《は》きかけてくる。

「あんたが、どれほど清らかなのかは知らないが、人間どこにいってもそれほど変わるわけじゃないぜ」

リウイは笑いかけると、女を解放《かいほう》してやる。

「オレはもう名乗ったぜ。あんたの名を教えてくれないか?」

女はリウイに背《せ》を向け、乱《みだ》れた衣服を直してから、もう一度、向きなおった。

「わたしは、カガリだ。ホムラの部族の長《おさ》タタラが娘《むすめ》……」

「ホムラ族……族長の娘……」

リウイはカガリという娘の言葉を繰り返してみる。

「あんたひとりで来たのかい？　普通《ふつう》、お供《とも》を連れてくるよな」

「異人が襲撃《しゅうげき》してくると、子供たちから聞かされた。調《しら》べにきたら、少人数だったから、わたしひとりで討《う》てると思っただけだ」

カガリはいかにも無念そうに言った。

「さっきも言ったが、オレたちは商売がしたくてやってきただけだ。この国の人々とうまくやりたいと思っている……」

「よくも言えたものだ。この近隣《きんりん》にある集落が、いくつも海賊どもに襲撃されている。最初は交易を要求しておきながら……」

「海賊か……バイカルだな」

思わず、ため息が出た。

ロドーリルとの戦争が終結し、バイカルは、疲弊《ひへい》した国力を回復《かいふく》するべく、以前にも増《ま》して、海賊行為《こうい》を行っているらしいのだ。

ロドーリルの女王ジューネに戦争はやめるよう説得したのは、外《ほか》でもないリウイである。複雑《ふくざつ》な気持ちだった。

「それにしても、悪い時期《じき》に来たものだぜ……」

自分たちもだが、海賊王の財宝《ざいほう》を探し求めようとしているオランの女騎士《きし》シヴィルたちはもっと大変かもしれない。

彼女らの身が案《あん》じられた。

だが、心配されていることなど知ろうものなら、オランの女騎士は烈火《れっか》のごとく怒《いか》るだろう。

「オレたちは海賊の仲間じゃない。あくまで、友好的な商売がしたい」

リウイは真剣《しんけん》な表情で、娘を見つめた。

「信じられるものか……」

カガリはぷいと横を向いた。

「オレたちは、大陸からいろいろ珍《めずら》しい物を持ってきている。欲《ほ》しい物があれば、譲《ゆず》ろう。今回は特別に無料《むりょう》でな」

「施《ほどこ》しなど受けぬ！」

カガリは毅然《きぜん》として立ち上がると、リウイを睨《にら》みつけた。

「わたしは、おまえに負けた。だが、ホムラの部族が負けたわけではないぞ。父はかならずおまえたちを討ちにくる。今すぐこの島から出てゆかぬと、命はないものと思え！」

そう言うと、娘は朱塗《しゆぬ》りの弓を拾《ひろ》い、森のなかへと走り去っていった。

リウイは苦笑を浮かべながら、彼女を見送った。

それから、古代語魔法の呪文を唱えて、仲間たちのところへと空を飛んでもどる。

「見てたわよ……」

アイラが冷たい視線《しせん》を向けてくる。魔法の眼鏡の遠見の魔力を使ったのだろう。

「ずいぶん長く話しこんでいたじゃない？　相手が若《わか》い娘だったから？」

「勘弁《かんべん》してくれ。相手は、オレたちを殺そうとしたんだぜ……」

リウイは疲《つか》れを覚えながらも、一部始終を仲間たちに話した。

「交渉《こうしょう》どころじゃないわねぇ……」

聞き終えて、アイラが大きくため息をつく。

「どうするつもり？　さっさとここから立ち去る？」

「それが無難《ぶなん》なんだが……」

リウイはしかし、不敵《ふてき》な笑みを浮かべていた。

「このままだと、どこまでも同じだという気がするんだ。話し合いが通じない相手を、その気にさせるには、こちらの実力も見せておいたほうがいいとは思わないか？」

「まさか、集落を襲うの？」

「そこまでやったら、本当の賊《ぞく》だからな。この谷を下ったあたりに拠点《きょてん》を作ってみよう。そして相手が押し寄せてくれば撃退《げきたい》する」

「ほとんど戦《いくさ》じゃない……」

アイラは呆然《ぼうぜん》となる。

「そうとも言うな」

リウイは平然と言った。

「そのうち、ティカやクリシュもやってくるだろう。ここには魔物も大勢《おおぜい》、棲《す》んでいるらしいが、はたして彼らの目に竜《りゅう》はどう映《うつ》るかな……」

4

リウイたちは海岸からさほど遠くない場所にあった小さな岩山を見つけると、柵《さく》を巡《めぐ》らし、櫓《やぐら》を建て、即席《そくせき》の砦《とりで》を築《きず》きあげた。

それから、岩山から遠くない場所に、天幕《てんまく》を張《は》り、そこに大陸から持ってきた珍《めずら》しい品物の数々を並べておいた。

代価《だいか》を入れてもらうための空き箱を近くに置き、無人の露店《ろてん》としたのである。

そしてホムラの部族の出方を待つ。

三日ぐらいは、まったく何の反応もなかった。

四日めの朝に、竜司祭《ドラゴンプリースト》の娘ティカと火竜《ファイアドラゴン》の幼竜《ドラゴンパピー》クリシュが到着《とうちゃく》した。

クリシュは目立たぬよう岩山の背後《はいご》に隠《かく》し、ティカには竜人の姿で、付近の探索《たんさく》を頼《たの》む。

その夜、露店を調べてみると、品物がいくつかなくなっていた。

五日めの夜には、さらに多くの品物がなくなり、乾肉《ほしにく》や毛皮といったものが空き箱に入っていた。

その間、武器を手にした男たちが、何度となく砦を偵察《ていさつ》に来たが、何もせず帰っていった。

しかし、六日めになって事態《じたい》は急変《きゅうへん》する。

完全武装《ぶそう》の五十人ほどの戦士たちが、攻《せ》め寄《よ》せてきたのだ。

「異人どもめ！　我《われ》らの土地から今すぐ出てゆけ!!」

初老の男が大声で叫ぶと、返答も待たずに攻撃をしかけてきた。

迎撃《げいげき》の準備《じゅんび》は完全に整っている。

あらかじめ決めておいた手筈《てはず》どおりに、まずリウイとアイラが、火球《ファイアボール》の呪文を敵《てき》の周囲で爆発《ばくはつ》させる。

魔法使いがいることを知り、敵はあきらかに動揺《どうよう》した。

そこを見逃《みのが》さず、リウイは退屈《たいくつ》しきっていたクリシュに命令を与えた。

幼竜は満腹《まんぷく》ではあったが、血には飢《う》えている。だが、それを我慢《がまん》させ、ただ寄せ手の頭上すれすれを高速で飛びまわらせた。

ティカが竜人の姿で、それに加わり、火炎《かえん》を吐くなどして牽制《けんせい》も加える。

戦士たちの士気は完全に挫《くじ》け、次々と逃げだしていった。

その隙《すき》をつき、待機していたジーニが岩山から大剣を構《かま》え、駆《か》け下《お》りてゆく。

彼女はまっすぐ攻撃を命じた初老の男に肉薄《にくはく》し、呆然としている男を組み伏《ふ》せた。

「覚悟《かくご》するがいい……」

共通語を使い、赤毛の女戦士はぼそりと言う。

「ま、待ってくれ！」

必死の形相《ぎようそう》で、男は訴《うった》えた。

そこに、メリッサ、ミレルを従《したが》えたリウイが、姿を現す。

ホムラの部族の戦士は、ただのひとりもその場に残ってはいない。

「話し合いなら、応じるぞ」

リウイは愛想笑いを浮かべ、ジーニに男を話すよう命じる。

「おまえの名は？」

「わしは、タタラだ。ホムラの部族を束ねている……」

砂浜にしゃがみこんだまま男は言った。

族長ということだ。

あのカガリという娘の父親ということになる。

(娘のほうが勇《いさ》ましかったな)

と、心のなかでつぶやく。

だが、そのほうが好都合《こうつごう》だった。覚悟されても困《こま》るのである。

「あなたたちが、竜神《りゅうじん》をも従えた鬼神《きしん》であるとは思いもしなかった。我《わ》が部族は、あなたがたに降《くだ》る。どうか怒《いか》りを鎮《しず》め、我が部族の守護《しゅご》神となっていただきたい……」

「鬼神だってさ」

リウイは西方語を使い、仲間たちを振り返った。

「派手にやったもの……」

アイラが肩をすくめる。

「油断《ゆだん》はできないけど、とりあえず目的は果たしたんじゃないかしら？　ここを足がかりに本格的《ほんかくてき》な探索《たんさく》をはじめましょうよ」

「そうだな」

リウイはうなずく。

そして族長に、申し出を承知したと伝えた。

「僥倖《ぎょうこう》に存じます……」

族長は平伏《ひれふ》し、砂に頭をこすりつけた。

「集落には、社《やしろ》があります。どうか、そこに住まわれますよう」

「社だとさ……」

リウイはふたたび西方語で言い、苦笑をもらした。

予想もしなかった展開《てんかい》だが、ここで躊躇《ちゅうちょ》していても先に進まない。

「しばらくは、鬼神を演《えん》じるのも悪くないかもな」

そして族長に先導《せんどう》されて、リウイたちはホムラの部族の集落へと入った。

集落は山間《やまあい》の湖《みずうみ》を取り巻《ま》く、狭《せま》い平地にあり、戸数は二百ほど。人口は千人余《よ》といったところだった。

周辺には支族《しぞく》があり、もっと小さな集落を営《いとな》んでいるらしい。

ホムラの部族全体では、一万を超《こ》えるらしい。

(最大動員すれば、千人近くの大軍じゃないか……)

事実を知り、今更《いまさら》ながらに冷や汗《あせ》を流した。もっとも、そのときには砦を捨《す》て、さっさと逃げていただけだが。

リウイたちは、広大な敷地《しきち》の神殿《しんでん》のような場所に案内され、藁葺《わらぶ》き屋根の建物を与えられた。

すぐに、集落の女たちが、酒と食事を運んでくる。

そのなかには、族長の娘カガリの姿もあった。彼女は全身、白装束《しろしょうぞく》で、香《こう》のようなものを焚《た》きしめている。

そして他の女たちが下がったあとも、彼女だけは残った。

「世話役でも命じられたのかい？」

リウイは、カガリに笑いかけた。

その言葉に、娘はきっと唇《くちびる》を結び、静かに進みでてきた。

そして床《ゆか》に平伏し、面《おもて》をあげることなくこう言ったのである。

「わたしは、鬼神様のもとに贄《にえ》として参《まい》りました。食されるもよし、伽《とぎ》を命じられるもよし……」

「なんだって？」

リウイは思わず声をあげ、手にしていた酒杯《しゆはい》を床に落としてしまった。

開いた口が塞《ふさ》がらない。

「わたしは穢《けが》れてはおりませんゆえ、御《ご》安心《あんしん》くださいますよう……」

カガリは顔をあげ、リウイを見つめた。

覚悟《かくご》の表情であった。

第3章　打ち砕《くだ》かれた拳《こぶし》

1

ホムラ族の族長の娘《むすめ》は、板敷《いたじ》きの床《ゆか》に両手の指を立てるようにつき、覚悟の表情《ひょうじょう》でリウイを見つめている。

生贄《いけにえ》として、彼女は差し出されたのだという。食べるなり、抱《だ》くなり、好きにしていいのだそうだ。

(そんなこと言われてもな……)

穢《けが》れていないから安心しろということだが、どう安心なのかも分からない。

「食人鬼《オーガー》呼ばわりされたことは、何度かあるけどな……」

リウイは西方語でつぶやき、ため息をついた。

「あのね、カガリさん……」

メリッサが諭《さと》すように話しかける。

「わたしたちは、化け物ではありませんから」

「そんな金糸《きんし》のごとき髪《かみ》をしていてですか？」

カガリはメリッサの豪奢《ごうしゃ》な髪に視線を向けて言った。

「瞳《ひとみ》は宝玉《ほうぎょく》のようで、肌《はだ》は白磁《はくじ》のようではありませんか？　血の通った人間のようには、とても見えません」

「そ、そんな……」

メリッサは衝撃《しょうげき》を受けたようで、言葉を失《うしな》った。

「わたくしの国では、珍《めずら》しいことでは……」

「そのような国のことは、わたしは知りませんゆえ」

カガリは冷ややかに言った。

「ううっ」

打ちのめされたように、メリッサは床に両手をつく。

「不本意ですわ……」

と、がっくりとうなだれた。

その様子を見て、カガリは申し訳《わけ》なさそうな表情を見せた。

「あなたがたが、異国《いこく》の人間だということは承知《しょうち》しております。わたしは都で、先代の皇《こう》女様《じょさま》にお仕《つか》えしていたこともありますゆえ……」

「皇女というのは、太陽神《たいようしん》の最高司祭《さいこうしさい》である女性のことだよな」

　リウイが訊《たず》ねる。

「天照神シャナです」

　カガリは即座《そくざ》に訂正《ていせい》した。

「それなんだが……」

　と、リウイは首をひねる。

「大陸では太陽神といえば、至高神《しこうしん》とされるファリスに決まっている。遥《はる》か南方の呪《のろ》われた島でも、ファリスは信仰《しんこう》されていたしな」

「イーストエンドの民は、もともと精霊崇拝《せいれいすうはい》なのです。肉体を失った神々への信仰《しんこう》は盛《さか》んではありませんでした。そして天上の神々よりも、畏怖《いふ》すべき存在《そんざい》が、この島にはおりますので……」

「恐ろしい魔物《まもの》が棲《す》んでいるとは聞いているが……」

「我《われ》らにとっては、その魔物こそが神でした」

　リウイのつぶやきに、カガリは答えた。

「我ら八分衆《はちぶしゅう》は、遥《はる》か昔から、蛇神《じゃしん》ヤヅチを奉《ほう》じてきたのです……」

「八分衆？　蛇神ヤヅチ？」

リウイは仲間たちと顔を見合わせる。

だが、誰もが初めて聞く言葉だった。

「分からないことだらけだな……」

リウイは、大きくため息をつく。

「あんたには指一本、触《ふ》れないと約束《やくそく》するから、この島のことをくわしく説明してくれないかな？」

「わたしが生贄《いけにえ》では、不満とでも？」

カガリは憮然《ぶぜん》とした顔になる。

「そういうことじゃなくて……」

リウイは頭を抱《かか》えたくなった。

「あんただって、望《のぞ》んで生贄になったわけではないだろう。族長である父親に命じられたからじゃないのか？」

「無論《むろん》です」

カガリはうなずいた。

「ですが、役目は果たします。でなければ、別の娘を差し出さねばなりませんから……」

「それなら、鬼神はあんたで満足していることにすればいい。オレとしては、都の情勢《じようせい》にくわしいというのは願ってもないことなんだ」

「あなたがたはいったい何が目的で、この地に来られたのですか？」

カガリはそう訊ねると、唇《くちびる》を引き結んだ。

「交易《こうえき》さ……」

リウイはにやりとして言った。

「ただ、欲《ほ》しいものは、古代王国時代《こだいおうこく》の魔術師《まじゆつし》が鍛《きた》えた魔法《まほう》の武具《ぶぐ》なんだけどな」

「魔法の武具？」

「心当たりはないかな？」

「我《わ》がホムラの部族は火の民《たみ》です。山から採れる砂鉄《さてつ》を精錬《せいれん》し、鋼《はがね》を採ります。刀剣《とうけん》や具《ぐ》足《そく》を作る者もおりますが、魔法の武具というのは……」

カガリはしばらく思案《しあん》したあと、そう答えた。

「お役に立てず、申し訳ありません」

「いや、そう簡単《かんたん》に見つかるとは思っちゃいない。腰をすえて探すつもりさ。だからこそ、この島のことを知りたいんだ」

「……御主人がそれを望まれるなら、従《したが》うしかありません」

カガリはうなずいた。

そして問われるままに、答えてゆく。

イーストエンドのすべてについて……

2

カガリの話が終わったときには、真夜中はとっくに過《す》ぎていた。

東の空は、じきに明るくなるだろう。

「……この島でも、いにしえの魔物が復活《ふっかつ》しようとしていたとはな」

リウイは腕組《うでぐ》みしながら、呻《うめ》くような声をあげた。

カガリの話は、驚《おどろ》くことばかりだった。

なかでも、いちばん衝撃的だったのが、古代、いや神代《じんだい》の魔物が復活しつつあるという話だった。それこそが、八分衆が奉じた蛇神ヤヅチに他ならない。

「胴《どう》から頭が八つに分かれ、人間の女の顔をしている、か……」

あまり、お目にかかりたくない化《ば》け物《もの》だと思う。

「蛇《へび》の胴に人間の頭といえば、ナーガだよな。上半身が人間だとラミアだが、姿だけでいえば、ヒドラにも似《に》ているか……」

リウイはそう言って、アイラを振り返った。

「蛇と人間の合成魔獣《キメラ》は、いろいろいるしね。邪神《じゃしん》が創造《そうぞう》したとも、古代王国の魔術師が合成したとも言われているけど」

アイラが答え、ため息をついた。

「おそらく邪神が眷属《けんぞく》として創《つく》ったのじゃないかしら？　古代王国の文献《ぶんけん》で、八つ首人頭の蛇の合成魔獣の記述《きじゅつ》なんか見たことないから……」

カガリの話では、蛇神ヤヅチは、遥《はる》かな昔、おそらく神々の大戦の頃《ころ》から、この島に存在した。

人間を喰《く》い、様々な災厄《さいやく》を振《ふ》りまいたとされている。まさに邪神のごとき存在《そんざい》だったのだ。

イーストエンドの民が、この魔獣を倒そうと試《こころ》みたかどうかの記録はない。

確かなのは、八分衆と呼ばれる八つの部族の連合が、ヤヅチを守護神《しゅごしん》として奉《ほう》じるようになったということである。

八分衆は、蛇神ヤヅチが荒《あ》らぶるたびに、若い娘を生贄として捧《ささ》げて、鎮《しず》めたという。

その代償《だいしょう》として、蛇神から様々《さまざま》な知識を授《さず》かった。蛇神は精霊魔法《せいれいまほう》に長《た》け、精霊力を源《みなもと》とする様々な秘術《ひじゅつ》を知っていたのである。

ホムラの部族は、特殊《とくしゅ》な製鉄《せいてつ》の技術《ぎじゅつ》を伝《つた》えているそうだ。

八分衆はイーストエンドの諸部族《しょぶぞく》のなかでも、最大の勢力《せいりょく》を誇《ほこ》った。

蛇神ヤヅチが、ひとりの聖女《せいじょ》によって、封《ふう》じられるまではあったが……

その聖女こそ、天照神シャナなのである。

それが、およそ千年ほど昔のことだ。

その後、聖女シャナを崇拝《すうはい》する人々が教団を作る。ミマという地に神宮《じんぐう》を建立《こんりゅう》し、神権《しんけん》政治《せいじ》をはじめたのである。

そしてイーストエンドの諸部族を統一してゆく。

八分衆はそれに抵抗《ていこう》したものの、守護神である蛇神ヤヅチを失っていたこともあり、やがて屈《くっ》した。

しかし、千年前に封じられた蛇神ヤヅチが、復活を果たそうとしている今、八分衆は神宮から独立《どくりつ》しようとしているという。

神宮の役人を追いだし、昨年《さくねん》の徴税《ちょうぜい》にも応《おう》じなかった。

そして神宮の勢力も衰《おとろ》えつつある。

教団の最高司祭であり、統治者でもある皇女は先代が崩御《ほうぎょ》したあと、空位が続いているというのだ。

そこへ、バイカルの海賊《かいぞく》たちの来襲《らいしゅう》である。

神代に戻るのだと、イーストエンドの人々は噂《うわさ》しているそうだ。

「……あんたたちは、神宮に支配《しはい》されるより、蛇神に支配されるほうを選ぶつもりなのか？」

リウイは首をひねりながら、カガリに訊《たず》ねた。

「蛇神ヤヅチの伝承が真実《しんじつ》なら、我ら人間が敵《かな》うはずがありません。我らは守護神として奉《ほう》じるしかないのです。たとえ、どれほど恐ろしい祟《たた》り神であろうと……」

「なぜ、勝てないんだ？」

「蛇神ヤヅチは、男を魅了《みりょう》するのだそうです。その魔力に抗《こう》することは、誰もできなかったと記録されています」

「魅了の魔力か……」

リウイは舌打ちした。

「そいつは厄介《やっかい》だな」

それでは、どんな強い男でも魔物を倒《たお》すことはできない。

「だが、聖女シャナはそれを果《は》たしたわけだろう？」

「彼女は女神《めがみ》の生まれ変わりですから」

「なるほど、な」

リウイはうなずいたが、納得したわけではなかった。

八分衆という部族集団は、強い相手には屈するのが当然と考えている。そのおかげで、今の状況《じょうきょう》があるわけだが、正直、気に入らない。

（どうしたものかな……）

本音を言えば、蛇神の復活を阻止《そし》し、イーストエンドをもう一度、ひとつにまとめたいと思う。

そのうえで、バイカルと一戦を交えるか、話し合いで決着をつけたい。

だが、無理《むり》はできない。

ヴァンが鍛《きた》えた武具を持ち帰るという使命を優先《ゆうせん》させなければならないからだ。蛇神ヤヅチは、邪悪な魔物かもしれないが、世界を滅《ほろ》ぼすほどではない。

「蛇神が復活するというのは、どうして分かったんだ？」

「予兆《よちょう》があったのです。ひとつは、我ら八分衆の集落に人語を話す蛇が姿を現し、復活を知らせたというもの。そして神宮に祀《まつ》られている三神器《じんぎ》も、蛇神復活の予兆《よちょう》を示《しめ》したそうです」

カガリは答えた。

「三神器？」

　リウイは思わず訊ねかえしていた。

「それは、どんなものなんだ？」

「刀剣と鏡《かがみ》と珠玉《しゅぎょく》だと聞いています。わたしは神宮警護《けいご》の役ですから、見たことはありませんが……」

「神器といえば、魔法がかかっていて、不思議じゃないよな？」

「そう言われれば……」

　カガリははっとしたような顔をする。

「天照神シャナが天に帰るとき、蛇神の封印は永遠《えいえん》ではないと告げたとされています。封印が解《と》けるのは、五百年とも千年とも言われ、五百年ほどまえにも、この地の人々は蛇神の復活に怯《おび》えたという記録が伝わっています。結局、復活しなかったわけですが……」

「八分衆は、そのときも、神宮に反乱《はんらん》したのかい？」

「いいえ、そのときは、神宮の勢力《せいりょく》は強く、しかも古代王国という後ろ盾《だて》もありましたから……」

「なんだって？」

　カガリの答えに、リウイの顔色が変わる。

「神宮は、古代王国に従属《じゅうぞく》していたのか……」

意外な事実だった。

もっとも、当時の蛮族《ばんぞく》すべてが、古代王国に反抗《はんこう》していたわけではない。なかには積極《せっきょく》的《てき》に協力し、準市民《じゅんしみん》の資格《しかく》を与えられていた部族もあったそうだ。

辺境《へんきょう》ゆえ、古代王国の魔術師たちもイーストエンドを直接統治《ちょくせつとうち》する気はなかったのかもしれない。

「我が部族が精錬した鋼《はがね》は、様々な武具に鍛えられ、古代王国に納められたのだそうです」

「だとすると、三神器を創ったのは、古代王国の魔術師かもしれないな。それがヴァンだということも、十分に考えられる……」

「わたしも天照神の教団に属し、教義《きょうぎ》は学んでいますが、神官にはなれませんでしたので、くわしくは知りません。ただ、三神器は災厄《さいやく》を鎮《しず》めるためのものだとは聞いています」

「その災厄というのが、蛇神復活ということは十分、ありえる。正確《せいかく》に五百年なら、古代王国は滅亡《めつぼう》しているわけだが、それより何十年か早かったなら……」

リウイは転送の呪文《じゅもん》を唱《とな》え、魔法の石盤《せきばん》を手元に出現させた。そこには、ヴァンが鍛《きた》えた魔法の武具の一覧が記載《きさい》され、その存在場所が世界地図上に光の点として示されている。

「神話を終焉《しゅうえん》せしむ宝剣《ほうけん》と円形盾《たて》……」

石盤をざっと見ると、〝ミスバスター〟と〝エクスチェンジャー〟という銘《めい》が目に止まった。

「これのことだと思わないか？」

アイラを振り返り、同意を求める。

「そうね」

アイラはうなずいた。

「神器が三つというところが気になるけどね。刀剣はいいとして、鏡と珠玉は該当《がいとう》していないわけだし……」

「鏡なら、円形盾の可能性だってあるぜ。蛇神の魅了の魔力を弾《はじ》き返せるのかもしれない。珠玉というのは、分からないけどな」

「有力な候補《こうほ》なのは間違いないわね。ただ神器として奉納《ほうのう》されているというのは、厄介《やっかい》だけどね」

アイラは肩をすくめた。

譲《ゆず》ってくれと言っても応じてくれるはずがないし、盗みだすのも強奪《ごうだつ》するのも難《むずか》しい。

「なんとかして、確かめないとな……」

リウイはつぶやく。

しばらく思案してみたが、すぐに妙案《みょうあん》が浮かぶはずもなかった。

だが、当てができただけでも、大きな前進である。

「蛇神が復活するのが確実なら、三神器とやらも表に出てくるかもしれないしな」

つまり、機会はあるということだ。

「父は八分衆の他の部族と連携《れんけい》し、神宮を倒すつもりでおります。そうしなければ、復活した蛇神に祟《たた》られると信じているからです。神宮も威信《いしん》にかけて、反乱《はんらん》を鎮圧《ちんあつ》しようとするはず。きっと兵を差し向けてくるでしょう」

「そう言えば、あんたは神宮に仕《つか》えていたんだよな？」

リウイが訊《たず》ねると、カガリはわずかに辛《つら》そうな表情を見せた。

「集落に帰ってくるよう、父に命じられたのです……」

「でしたら、神宮と戦うのは、不本意なのではありませんか？」

メリッサが思わずというように、声をあげる。

「わたしの気持ちなど関係ありません」

カガリは静かに首を横に振った。

父の決めた婚約《こんやく》が不服で、家を捨《す》てたメリッサである。彼女の気持ちは、到底《とうてい》、理解《りかい》できなかった。

しかし、彼女は生贄《いけにえ》になれと命じられても、大人しく従《したが》っている。

(この国の女性は、みんな、そうなのかしら?)

メリッサは疑問《ぎもん》に思った。

「父は神宮との戦も考え、あなたがたを味方にしようと思ったのです。あなたがたの戦いぶりが、あまりにも見事だったので……」

カガリはぽつりと言った。

「このままだと、オレたちは王朝と戦うしかないな……」

リウイは苦笑する。

内政《ないせい》に干渉《かんしょう》するようなことは、できれば避《さ》けたい。もっとも、それができたためしはないのだが。

「ま、生贄までもらったんだ。鬼神を演《えん》じつづけるのもいいかもな」

リウイは仲間たちを見回して言った。

「とにかく、今日は休むとしようぜ。情報はいろいろ入った。あとは、それをどう活《い》かすかだ」

そして、リウイは板敷《いたじ》きにごろりと横になった。

3

目が覚めたのは、昼近くであった。
異様《いよう》な気配を感じたからである。
室内を見渡すと、カガリはまだ部屋の隅《すみ》で静かに寝息《ねいき》を立てていた。
アイラとメリッサも、眠《ねむ》っている。
ジーニとミレルのふたりは横になっているものの、目は開いていた。
「まさか、援軍《えんぐん》を呼《よ》んできたということはないよな」
リウイは立ち上がると、表へと出る。
入口近くには、火竜《ファイアドラゴン》の幼竜《ドラゴンパピー》クリシュの姿《すがた》があり、その側《そば》にティカが立っていた。
「リウイ……」
ティカがつぶやき、無言で指さす。
その先に、ホムラ族の族長タタラの姿があった。
側には、数人の男たちの姿がある。
そのうちのひとりに、リウイの視線は釘《くぎ》づけになった。
熊《くま》のような体格の大男である。

身長はリウイと同じぐらいだが、肩幅《かたはば》は広く、手足は丸太のようだった。

腹《はら》は丸く突きでていて、呼吸《こきゅう》をするたびに揺《ゆ》れる。

（いったい何者なんだ？）

リウイは自問する。

異様な気配は、この男が発していたのだ。

「何用かな？」

リウイは笑顔を見せて、ホムラ族の族長に話しかけた。

「昨夜、八分衆の合議《ごうぎ》があったのです。そのおり、鬼神様のことを話したら、総領様《そうりようさま》がぜひお目にかかりたいと申されて……」

タタラは額《ひたい》に汗《あせ》を滲《にじ》ませながら言った。

「竜神《りゅうじん》、鬼神と言うから、どれほどのものかと思ったが、さほど大きくもないな」

タタラが総領と呼んだ男がそう言って、鼻を鳴らす。

「このような者どもの手を借《か》りずとも、神宮の軍勢ごとき、簡単《かんたん》に退《しりぞ》けられるわ！」

「たいした自信だな」

リウイは不敵《ふてき》な笑みを浮かべた。

「わしは八分衆筆頭《ひっとう》、トバリの部族の族長ラカンよ。おまえが本物の鬼神かどうか確かめさせてもらおう」

「わたしも暴《あば》れていいかな？」

ティカの瞳が、縦《たて》に細長くなっていた。竜に変化《へんげ》しようとしているのだ。

「あいつは武器《ぶき》を持っていない。どうやら、素手《すで》でやりあうつもりのようだ」

リウイはにやりとする。

喧嘩《けんか》なら、簡単に負けるつもりはない。

「クリシュ、おまえも手を出すなよ」

その言葉に、赤い鱗《うろこ》の竜は不満そうな唸《うな》り声をあげた。

「ティカは、みんなを起こしてくれ。あいつに勝っても負けても、ここから出るしかなさそうだからな……」

「分かった」

ティカはうなずくと、社《やしろ》のなかへと入った。

そのあいだに、リウイは首や肩をぐるりと回し、指の関節を鳴らしてゆく。

ラカンと名乗った男は、毛皮《けがわ》の上着《うわぎ》を脱ぎ、半裸《はんら》になる。

でっぷりと太っているが、その下に分厚《ぶあつ》い筋肉《きんにく》のあることはひと目で見てとれた。

(油断《ゆだん》はできないな)

リウイは心のなかでつぶやいた。

「父上、これはどういうことなのです?」

そのとき、表へ出てきたカガリが叫《さけ》ぶように言った。

「久《ひさ》しいのう、カガリ殿。おまえが鬼神の生贄にされたと聞いたものでな。助けてやろうと思ったのよ。その鬼神とやら、すぐに叩《たた》き潰《つぶ》してやるわ……」

ラカンはそう言うと、豪快《ごうかい》に笑った。

「総領様……」

カガリが呆然《ぼうぜん》となる。

不思議な反応だと思ったが、今は気にかけてはいられない。

「さあ、始めようぜ」

リウイはラカンに声をかけた。

「いつでも、くるがいい」

八分衆の総領は、腰《こし》を落とし、片手を地面についた。

見たこともない構えだった。

だが、隙《すき》はうかがえない。

(体当たりでくるつもりか)

リウイは心のなかでつぶやくと、ゆっくりと間合いをつめてゆく。
三歩ほどの距離で、ラカンは立ち上がり、猛然《もうぜん》と突進《とっしん》してきた。
(もらったぜ)
リウイは心のなかで勝利を確信《かくしん》した。
相手の突進力を利用し、顔面に拳《こぶし》を叩き込めば、一発で沈《しず》められる。
リウイは振りかぶることなく、鋭《するど》く拳を突《つ》きだした。
「甘《あま》いわ!」
ラカンが声をあげる。
そしてリウイの拳を、掌《てのひら》で受け止めた。
「まさか?」
これまで誰にも、ジーニでさえ避《よ》けられなかった必殺の拳である。
勝利を確信していただけに、リウイは一瞬、呆然《ぼうぜん》となった。
そこに、ラカンの体当たりが襲《おそ》いかかってきた。
岩でも投げつけられたような衝撃を胸に受ける。
肩で顎《あご》を突き上げられた。
仰《の》け反ったところを、平手で何発も顔を張られた。

そこまでが限界《げんかい》だった。

目の前が真っ暗になり、リウイの意識はぷっつりと切れた。

4

気がつくと、あたりは暗くなっていた。

上体を起こそうとしたが、激《はげ》しい痛《いた》みが襲ってきて、すぐ床に落ちる。

拳を止められたところで、意識は途切《とぎ》れていた。

「負けたんだな……」

リウイは天上を見上げながら、呆然とつぶやいた。

「ああ、完敗《かんぱい》だった」

ジーニが声をかけてくる。

「ここは……昨日、泊《と》まった社《やしろ》だよな？」

「おまえが目覚めるまで、ここで休んでいいと、ホムラの族長が言ってくれた。口添《くちぞ》えしてくれる者もいたしな」

「口添え？　いったい誰が？」

リウイは疑問に思った。

「カガリさんだよ」

答えたのは、ミレルだった。

「それから、もうひとり……」

黒髪の少女は、言葉を濁《にご》す。

「悔《く》い改めましたか？」

その声を聞き、リウイは身体《からだ》の痛みも忘《わす》れて飛び起きた。

「あんたは？」

そして声の主を見つめる。

ファリスの神官サベルの姿がそこにあった。

「なんで、ここに？」

「気づかなかった？　この人、あのラカンって野郎《やろう》と一緒《いっしょ》にいたんだよ。あいつ、ファリスの布教《ふきょう》を応援《おうえん》すると約束したんだって」

「あの人こそ、真に正義《せいぎ》の何たるかを知る人です」

語尾《ごび》が伸《の》びる独特《どくとく》の口調で言うと、サベルは至高神ファリスに感謝《かんしゃ》の祈《いの》りを捧《ささ》げた。

「どこへ行っても、わたしの言葉に耳を傾ける者はいませんでした。わたしはいつも石を投げつけられ、棒《ぼう》で打たれ、追いだされました。ですが、それも神の試練《しれん》です。わたしの信仰が挫《くじ》けることはありませんでした。そしてついに、あの偉大《いだい》な聖人《せいじん》と巡り会ったのです……」

サベルはその後の話を延々《えんえん》と続けた。

「あなたも、わたしとともに行動していれば、このような天罰《てんばつ》は受けなかったのです。今からでも遅くありません。わたしに協力するのです」

「勘弁《かんべん》してくれ……」

リウイは思わず頭を抱《かか》えた。

「あの男に負けたのは、オレが単に弱かったからだ。天罰なんかじゃねぇ」

喧嘩《けんか》なら絶対の自信があった。それが、まるで歯が立たなかった。

「無様《ぶざま》なもんだぜ……」

リウイは拳を握《にぎ》りしめようとした。だが、まるで力が入らない。

「カガリさんから聞いたんだけど、あのラカンって男、イーストエンドに伝わる格闘術《かくとうじゅつ》の達人なんだってさ。牛や熊《くま》も素手《すで》で倒したこともあるらしいわ」

ミレルが慰《なぐさ》めの言葉をかけてくる。

「心配するな。負けたのは悔《くや》しいが、このまま済《す》ませるつもりはない。この借りは、絶対に返してやる」

「気がつかれたようですね……」

そのとき扉《とびら》が開いて、カガリが姿を現した。

「あんたか……」

リウイは彼女のほうを振り向き、苦笑をもらす。

「意識《いしき》を失っているあいだ、ここで休ませてもらったこと、感謝するぜ」

「礼には及《およ》びません……」

カガリは首を横に振った。

「父も本心では、あなたがたに残ってほしいと思っています。戦《いくさ》に勝つには力だけではなく知恵《ちえ》も必要。あなたがたにはそれがあると父は申しておりました」

「期待してもらって申し訳ないが、オレは神宮との戦は避《さ》けるべきだと思っている。今は、人間どうしが争っている場合じゃない」

「ですが、総領ラカン様は神宮を滅《ほろ》ぼすつもりです。そして蛇神を奉《ほう》じ、八分衆でこの島を治めようと……」

「女を生贄にして、か？　気に入らないな……」

リウイは吐き捨てるように言った。

「あいつの強さは認《みと》めるしかない。だからこそあいつがやるべきは、蛇神の復活を阻止《そし》することであり、海賊《かいぞく》を追い払うことであるはずなんだ……」

それが分からないようなら、もう一度、あの男と戦い、打ち負かすしかない。

だが、簡単な相手ではない。

リウイはこれまで拳だけで勝ってきた。それをラカンは簡単に受け止めたのだ。

「わたしも、そう思います……」

カガリはぽつりと言った。

「父が、わたしを神宮から呼び戻したのは、昨年、奥方《おくがた》を亡《な》くされた総領様の後添《のちぞ》えにしようと考えたからです。御主人が現れて、考えを変えたわけですが」

「当然、従《したが》うつもりだったんだよな？」

リウイは訊ねた。

「八分衆の女にとって、父や夫の命令は絶対なのです。遥《はる》かな昔から、そうでしたから」

「大陸でも、そういう考え、あるけどね」

ミレルが他人事のように言った。

彼女が育った盗賊の社会は、基本的には実力本位で、男女の間の優劣《ゆうれつ》はそれほどない。

盗賊ギルドのなかには、女性が頭領になっているところもあるぐらいだ。

「不本意ながら、そう言わざるをえませんね……」

メリッサが憮然《ぶぜん》としてうなずく。

「わたしも父に、望まぬ相手と結婚《けっこん》させられそうになり、それが嫌《いや》で家を捨て、戦神マイリーに仕える身となりました。神の啓示《けいじ》により、この御方《おかた》の従者《じゅうしゃ》となっていますが、それも自ら選んだことです」

それが本意になるまでには、かなり時間がかかったが、それこそが神の試練だったと、メリッサは自分に言い聞かせている。

そうでもしないと、出会った頃《ころ》のことが、恥《は》ずかしいからだ。

「わたしは強い男が好きです。ですから、総領様のことも決して嫌《きら》いではありません。いえ、事情が違っていたら、喜んで後添えになっていたと思います。総領様もそれを望んでおられたらしく、鬼神の生贄にしたと父が報告《ほうこく》したら、激怒《げきど》なされたそうです。それで、すぐに駆《か》けつけてこられて……」

カガリの頬《ほお》に朱《しゅ》がさす。

「あら、そうだったの？」

アイラが眼鏡《めがね》がずり落ちそうになったのを、あわてて指で支《ささ》えた。

「鬼神を倒せるほどの男だからな……」

リウイは自嘲《じちょう》ぎみに言った。

「しかし、それだけじゃあ、強い男とは限らないぜ」

「あなたはまだ、正義の何たるかを理解《りかい》していないようですね」

サベルがいきなり話に割り込み、嘆《なげ》くように言うと、胸の前でファリスの聖印をきる。

「偽《にせ》の太陽神を奉じる教団など滅《ほろ》ぼすしかないのです。そして真の太陽神である至高神ファリスの聖《せい》王国を新たに興《おこ》す。そして聖人ラカンは最初の聖王《おう》となるのです」

その言葉にリウイは答える気にもならなかった。

ラカンはサベルを神宮の権威《けんい》を傷《きず》つけるために利用しようとしてるだけなのである。

「とにかく、ここを出よう」

リウイは力なく仲間たちに言った。

「大丈夫《だいじょうぶ》？　動ける？」

アイラが心配そうに言う。

「大丈夫とはとても言えないけどな」

リウイは激痛《げきつう》に耐《た》えながら、必死の思いで立ち上がる。

「だが、意識がもどるまでという約束なんだから、それは守らないとな」

「どこに行くの？」

「最終的には、神宮だな。だが、とりあえずはどこか身体を休められる場所だ」

この状態ではとてもではないが、長くは動けない。

「わたしも、あなたがたに同行します」

カガリが決意の表情で申し出た。

「なんでだ？　あんたはラカンのこと、嫌いじゃないんだろう？」

リウイは驚いて訊ねる。

「わたしは一度、生贄として差し出された身。わたしの主《あるじ》は、もはや父ではなく、あなたなのですから……」

「オレが、本物の鬼神じゃなくてもか？」

「それぐらいのことは、最初から承知《しょうち》しておりました……」

カガリはきっぱりと答えた。

「御主人は仰《おっしゃ》ったではありませんか？　鬼神を倒したぐらいでは強い男ではない、と。それに、借りはかならず返すとも」

「口で言っただけで、できるかどうかは分からないぜ？」

「それも承知しています。ですが、総領様と戦って、もう一度、勝負をしようという男は、これまで誰もいませんでした。それに……」

カガリは、そこで言葉を切った。

「それに？」

リウイが先をうながす。

「わたしも、気に入らないのです。総領様がなされようとしていることが」

「そうか……」

カガリの言葉に、リウイはゆっくりとうなずいた。

「ついてきてもらうの？」

魔法の眼鏡《めがね》に手をかけながら、アイラはリウイに訊ねた。

「願ってもないことだからな」

「そうなんだけどね」

ミレルがじとりとした目をする。

「しかたないわよ」

アイラがため息をつき、ミレルの肩を叩く。

イーストエンドの人間であり、八分衆の事情にも神宮の事情にもくわしいカガリがいれば、心強いのは確かだ。

「しかたないよね……」

ミレルもうなずいた。

本音を言えば、恋敵《こいがたき》になりそうな道連れは増《ふ》やしたくない。

カガリがリウイをどう思っているかは知らないが、生贄というのは、主人にすべてを捧げるものだ。ある意味、恋人よりも深い関係とも言える。命令されれば、彼女はどんなことでも従うだろう。

ミレルとアイラは互《たが》いに慰《なぐさ》めあうような視線をかわした。

5

リウイたちはカガリに案内され、使われなくなった製鉄《せいてつ》小屋で三日間、休息を取った。

リウイが全快《ぜんかい》すると、とりあえず、神宮があるミマの街を目指して旅をする。

余計《よけい》な面倒《めんどう》は避《さ》けるため、人の少ない山道を移動《いどう》した。

だが、それが災《わざわ》いする。

神宮から八分衆追討《ついとう》のために派遣《はけん》されてきた軍勢とばったり遭遇《そうぐう》してしまったのだ。

相手は数千の軍である。逃《に》げおおせるはずがない。

それならば、と大人しく捕らえられることにした。すぐに殺されることはないだろうし、神宮側の要人にも会える。

思惑《おもわく》どおり、リウイたちは追討軍の将軍のもとへと連行された。

将軍は白、黒、赤などで派手な化粧《けしょう》を施《ほどこ》していた。それが神宮に仕《つか》える高位の武官の慣《なら》わしだと、カガリが教えてくれた。

カブキ衆と呼ばれているそうだ。

将軍は当然、カガリの顔を覚えていた。

「なぜ、おまえが異人《いじん》とともに……」

将軍は驚きの声をあげると、兵士のひとりに何事か命じた。

兵士はどこかへ走り去り、そしてしばらくして帰ってきた。

誰かを案内《あんない》してきたらしかった。

玉虫にも似《に》た光沢を放つ衣装を身に着け、顔には木製の面をかけている。

不気味な面であった。

大きな目は上目遣いで、口は真横に大きく開いている。嘲笑《ちょうしょう》しているようにも、追従《ついしょう》しているようにも見えた。

「十位のブアク……」

カガリが驚いたようにつぶやく。

「スセリなの？」

その呼びかけに答えるように、相手は面をゆっくりと外してゆく。

驚いたことにその顔は若《わか》い娘《むすめ》だった。カガリと同年代だと思えた。

「カガリさん……」

消えそうな声で娘は言った。

「知り合いなのか？」

リウイは小声でささやく。

「都にいたとき、よく一緒《いっしょ》でした」

「友達ということか？」

その言葉には、カガリは無言でうなずいた。

「それにしても、なぜ彼女は面なんかをかぶっていたんだ？」

「それは、スセリがカグラ衆だからです」

カガリが答えた。

「カグラ衆？」

「まだお教えしてませんでしたか？　カグラ衆とは皇女の側近として仕え、神宮の政《まつりごと》を司る者たちです」

「神宮のなかでも、高い地位の人間というわけだな」

「十位のブアクはカグラ衆のなかでは末席ですが……」

「それでも、十分、偉《えら》いさ。しかも、あんたの友達なんだからな。うまくゆけば、神宮と八分衆の争いを回避《かいひ》できるかもしれない」

「ブアクが来ているのですから、神宮側も交渉《こうしょう》するつもりはあるようです。ですが、ブアクは決して譲歩《じょうほ》しませんせん」

「最後通告ということか……」

リウイは舌打《したう》ちした。

要求を断《ことわ》れば、即座《そくざ》に武力に訴えるということだ。

それにあの強硬《きょうこう》な八分衆の総領《そうりょう》ラカンが、神宮側の一方的な要求に応じるとは思えない。

追討軍は大軍だが、八分衆も同じくらいの戦力は集めることはできる。両者が真っ向からぶつかれば、大変な被害《ひがい》がでる。

いったん戦となれば、両者とも簡単には後には引けなくなる。

(なんとかしないとな)

リウイは心のなかでつぶやく。

このままでは、イーストエンドは確実に荒廃《こうはい》する。

復活を果たした蛇神に滅ぼされるか、バイカルに征服《せいふく》されてしまうかもしれないのだ。

(なんとかしないと……)

もう一度、繰り返す。

だが、手立ては何も思いつかなかった——

第4章　二柱《にちゆう》の太陽神《たいようしん》

1

不気味な木製の面が、見つめてきている。

嘲笑《ちようしよう》しているとも追従《ついしよう》しているともとれる微妙《びみよう》な表情。

面をつけているのは、この島を統治《とうち》している天照神シャナの教団の神官集団《しゆうだん》〝カグラ衆《しゆう》〟のひとりである。

〝十位のブアク〟だと、ホムラの部族の娘カガリは教えてくれた。

「エレミアから交易《こうえき》のためにやってきたというのか？」

ブアクはくぐもった声で言い、

「御苦労なことだ……」

と、忍《しの》び笑いをもらす。

「このような島に渡ってこずとも、商才があれば大陸でも成功しように」

「交易商人の夢というのは、金儲《かねもう》けもだが、なにより新しい交易路を開拓《かいたく》することなんだ。名が残るからな」

リウイはもっともらしく答えた。

「知っておるか？　滅多《めった》にかなわぬゆえ、夢《ゆめ》ということを？」

御苦労なことだ、とブアクはふたたび繰り返す。

面の下にあるのは、物静かな印象の若く美しい娘の顔だ。

だが、彼女の物言いは辛辣《しんらつ》だった。リウイの言葉に対し、いちいち皮肉めいた一言を返してくる。

「彼女はいつもああなのか？」

疑問《ぎもん》に思い、リウイはカガリに囁《ささや》いた。

「それが、ブアク様の役割《やくわり》なのです。あらゆる発言を揶揄《やゆ》すること。物事の真実を見出すためには、必要とされています」

カガリは答えた。

「本当の彼女は……スセリは、とても大人しい娘です。男の人を怖《こわ》がっていますから、面をつけていなければ、きっと一言も話せないと思います」

「ずいぶんな変わりようだな」

　リウイは苦笑をもらす。

「我が国は、他国との交易はせぬ。それは物の流れを変え、豊《ゆた》かな者と貧《まず》しき者との差が広がるゆえ……」

　それが、神宮の定めた法だと、ブアクは言った。

（正論《せいろん》といえば正論だよな）

　リウイは思った。

　貧しくとも自給自足でやってゆけるなら、それで十分といえる。

「しかし、時勢《じせい》というものがある。大陸での交易路はあらかた開かれた。新しい富《とみ》を求めて、オレのような交易商人が、次々とこの島にやってくるだろう。そして海賊《かいぞく》たちもまた……」

「海賊どもは恐怖を与え物を奪《うば》い、商人どもは欲望で誘《さそ》い物を奪う……」

　ブアクはひとりごとのようにつぶやく。

「エレミアの交易商ルーイ。さらなる詮議《せんぎ》は、都にて行おう。それまで、この軍に同行してもらうが、よいな？」

「分かった……」

　リウイはうなずいた。

もとより、その覚悟《かくご》である。

十位のブアクはゆっくりと面を外すと、大きくため息をついた。

そしてカガリをじっと見つめる。

「カガリさん……」

泣きそうにも聞こえる声で、彼女は言った。

「どうしてあなたが、この異人《いじん》たちと一緒にいるのですか？　父君に呼ばれ、集落へと戻《もど》ったと聞いていたのに……」

「その父の命令でね。わたしはこの異人に、生贄《いけにえ》として差し出されたの」

「生贄に……」

スセリは言葉を失い、思わずリウイを見つめる。

そして素顔《すがお》であることを思い出したのか、あわててうつむく。

「つまり、カガリさんはこの異人に……」

顔を赤くしながら、スセリは言った。

(確《たし》かに面をつけているときとは、まったく別人だな)

リウイは思った。

「生贄だから、覚悟はしている。だけど、まだ何も求められていないわ」

カガリは微笑《ほほえ》みながら言った。

「そうですか……」

安堵《あんど》の表情を浮かべ、スセリは胸《むね》に手を当てる。

「エレミアの男は、何人もの女性を妻《つま》にすると聞いていましたから……」

「実際、噂《うわさ》どおりだったわ」

カガリは苦笑した。

その言葉に、ジーニ、メリッサ、ミレル、アイラの四人はそれぞれ複雑《ふくざつ》な表情を見せる。

それぞれ、思うところがあるのだ。

「おかげで、カガリさんと戦わなくてすみます。八分衆の総領ラカンは、間違いなく神宮の要求を拒《こば》むでしょう」

「そうでしょうね。ラカン様は、蛇神ヤヅチが復活する以上、奉《たてまつ》るしかないと思っておられるから……」

カガリはわずかに苦悩《くのう》の表情を見せた。

「わたし、カガリさんに殺されると思っていました。あなたの弓で狙《ねら》われたら、助からないな、と……」

「それは、なかったでしょうね。八分衆では、女が戦に出ることはないから……」

カガリはポツリとつぶやく。

「オレたちには弓を向けたじゃないか？」

リウイは思わず抗議《こうぎ》をした。

「あれは、戦ではありませんし、部族の者も一緒にいませんでしたから……」

「殺されかけた身としては、そう簡単には納得《なっとく》できないけどな」

「八分衆では、女は強くなってはならないとされているのです。言い伝えでは、強い女は蛇神が生贄として求めるからだとされていますが……」

「伝説だから、本当のところは分からないが、蛇神ヤヅチには男を操《あやつ》る能力《のうりょく》があるんだろ？　なら、強い女を生贄に求めるというのは理にかなっているな」

「実際、蛇神は天照神となったシャナという聖女に封印《ふういん》されたわけだものね」

リウイの言葉に、アイラがうなずきながら言った。

「蛇神は、復活などしません。だから、八分衆には、すみやかに反抗《はんこう》をやめて、神宮に恭《きょう》順《じゅん》してほしいのです」

スセリは身を乗り出し、カガリに訴《うった》える。

「わたしにそんな力はないわ。それに、部族とはもう関係ない」

今の主人はリウイだと、カガリはきっぱりと答えた。

「そうですか……」

スセリはうなだれる。

「できれば、避けたい戦でしたが、覚悟を決めるしかないようですね」

そう言うと、ブアクの面をかけ、彼女はすっくと立ち上がった。

「我らの戦い、見届《みとど》けるがよい……」

そう言い残し、十位のブアクは去っていった。

「戦いを傍観《ぼうかん》するしかないというのも、悔《くや》しいもんだな……」

ブアクの姿が見えなくなるのを待って、リウイは悔しそうにつぶやいた。

「でも、どちらかにつくというわけにもゆかないんだから」

アイラがたしなめる。

「それは、分かっている……」

「どっちが勝つかしらね」

ミレルが頭の後ろで手を組んだ。

「数のうえで優勢《ゆうせい》なのは神宮側でしょうが、八分衆には地の利がありますからね。あとは、いずれに勢いがあるかでしょう」

メリッサが戦神マイリーに戦士たちの加護《かご》を祈《いの》る。

「勢いか……」

ジーニが深く腕《うで》を組む。

「ここに連れてこられるまでに、兵士たちの表情を窺《うかが》っていたが、正直、覇気《はき》は感じられなかったな。皇女が空位で、しかも、蛇神復活の噂に動揺《どうよう》しているようだ」

「神宮側には、厳《きび》しい戦いになるかもな」

リウイは呻《うめ》くように言った。

「あなたの気持ちは分かるけど、今回は、任務《にんむ》を最優先にさせましょ。たとえ混乱に乗じることになっても、ヴァンが鍛《きた》えた武具を持ち帰らないとね」

「ああ……」

アイラの言葉に、リウイはうなずいたが、心ここにあらずといった表情だった。

「まったく……」

アイラはやれやれと、ため息をつく。

世界が滅亡《めつぼう》するかどうかという大切な使命を帯びているというのに、リウイは目の前で起きていることを放っておけない性格なのだ。

それが、彼の人の好《よ》さだとは分かっていても、いちばん大切なものだけをじっと見てほしいと思う。

（それが、わたしだったら、最高なんだけど……）

アイラは心のなかで、そうつぶやいた。

2

神宮の軍勢は、山間《やまあい》の隘路《あいろ》を通り、八分衆筆頭《ひっとう》トバリの部族の集落を目指した。

八つの部族からなる八分衆を扇動《せんどう》し、神宮に反抗しているのは、トバリ族の長《おさ》ラカンである。

交渉《こうしょう》するにしても、あるいは討伐《とうばつ》するにしても、相手はラカンということになる。

彼さえ討《う》てば他の部族は恭順《きょうじゅん》すると、神宮側は目論《もくろ》んでいる。

被害《ひがい》を最小限に食い止めるには、確かにそれが一番だと、リウイも思う。

だが、彼には喧嘩《けんか》で負けた借《か》りがあり、それを返さないまま、死んでほしくないという気持ちもある。いずれにせよ、囚《とら》われの身ではどうすることもできない。

逃げ出そうと思えばできるのだろうが、それではあとの身動きが取れなくなる。

どうしようもない状況《じょうきょう》に、リウイは歯嚙《はが》みをする思いだった。

そして――

トバリの部族に半日ほどのところに差《さ》し掛《か》かったとき、突然、襲撃《しゅうげき》があった。

神宮側はラカンに使者を送り、交渉の約束は取り付けていたのだが、それが彼の答えだということだった。

「これは、乱戦《らんせん》になるな……」

リウイは仲間たちに警告《けいこく》を与える。

隊列は前後に伸びきっていて、連絡を取り合うことさえ難《むずか》しい。

「カガリさん、これを」

そのとき、素顔のスセリが数人の兵士を伴《ともな》って、やってきた。

兵士たちは、リウイから取り上げた荷物と武器を手にしている。

そしてスセリ自身は、朱塗《しゅぬ》りの長弓《ちょうきゅう》と矢筒《やづつ》を手にしていた。

「この状況では、あなたがたを守れそうにありません」

「こんなものを返してもらったら、オレたちも暴《あば》れるかもしれないぜ？」

リウイは声をかけた。

「そのときには、討《う》たせていただきますから」

スセリはリウイから顔を背《そむ》けたまま言った。

「逃げたいのなら、ご自由にどうぞ……」

スセリはそう言うと、ブアクの面をかぶり、立ち去っていった。

「武器があっても、戦うわけにもゆかないというのがな……」

リウイは苦笑まじりに仲間を見回した。

「自分の身を守るぐらいだね」

ミレルが格闘用と投擲用《とうてきよう》の短剣《たんけん》を、それぞれ身に着けながら、苦笑をもらす。

「ま、それぐらいだろうな」

リウイとしては不満でいっぱいなのだが、今のところどちらの味方をするわけにもゆかない。

まさに傍観《ぼうかん》しているしかないのだ。

カガリも革《かわ》の胸当てをつけ、弓の弦《つる》を張《は》る。

「すごい弓だな」

リウイは感心したように言った。

「神宮に伝わる宝弓《ほうきゆう》で、ヤハタという銘《めい》です。弓術の試合で、優勝したときに、先代の皇女様から下賜《かし》されたのです。生贄の身で、不遜《ふそん》とは思いますが、こればかりは手放すわけにはまいりません」

カガリは誇《ほこ》らしそうに言った。

「かまわないさ。女が強くても、オレはいいと思う。ここにいる四人がまさにそうだしな」

「まったくです。わたしの弓が防《ふせ》がれたのは、初めてでした……」

「なかなか強い弓だったな」

ジーニがぼそりと言う。

「その重い大剣で、払《はら》われたのですから、わたしも未熟《みじゅく》というしかありません……」

カガリはうなだれる。

「そのあたりは慣《な》れだな。矢が来るより先に殺気を感じるんだ」

「そうでしたか？　稽古《けいこ》のときには無心になれるのですが……」

「それでいい。人を狙うときには、勇気も覚悟もいる。それが気となってでるのは、普通のことだ」

「殺気も感じさせず、人を殺せるようになったら、暗殺者だよ」

ミレルが明るい声で言う。

だが、彼女自身はいざとなれば、それができる。盗賊《とうぞく》ギルドで、暗殺術の訓練《くんれん》も受けているからだ。

「あなたがたは、いったい何者なのですか？」

何度となく訊《き》いた問いだが、カガリは言わずにはおられなかった。

「魔法の武具の収集を趣味にしている交易商人さ」

リウイは冗談《じょうだん》めかして答えた。

「だが、この国が乱れていることには、心を痛《いた》めている。今は、人間どうしが戦っている場合じゃないからな」

「神代の蛇神が、復活《ふっかつ》を果たそうとしていますものね……」

カガリはうなだれるようにうなずいた。

リウイが思い描いていたものは、無論、魔精霊《ませいれい》アトンのことであったが、それは口にはしない。本質的《ほんしつ》には、同じことなのだ。

だからこそ、蛇神の復活も阻止《そし》したいと思う。それぐらいできなくて、アトンと戦う資《し》格《かく》などない。

安全に事を進めてばかりいては、決戦のときに本当の実力が出せない気がするのだ。ぎりぎりの戦いを繰り返してこそ、研《と》ぎ澄《す》まされる感覚というものがある。

それこそが、最後に勝敗を分ける気がしてならない。

(自分に言い訳しているのかもしれないけどな)

リウイは苦笑を洩《も》らした。

この戦いは見届けるしかないが、いつまでもじっとしているつもりはない。

(倒すべき相手を見定めたら……)

そのときには、全力で行動しようと、リウイは心のなかで誓《ちか》った。

全員が武装し、八分衆が襲《おそ》いかかってくるのに備《そな》えたが、リウイたちのいるところには、敵は姿を現さなかった。

襲撃部隊は山の斜面《しやめん》をそのまま駆けおりて、姿を消した。

かく乱のための奇襲《きしゆう》だったようだ。

「ラカンの奴《やつ》、体格に似合《にあ》わず、なかなか細かな戦いをするな……」

リウイは感心する。

神宮、八分衆ともに実戦経験は、ほとんどないはずだ。

だが、トバリの部族の長は、この戦では心理戦が重要であることを見抜いているように思う。

格闘術《かくとうじゆつ》の達人ということもあり、体力、技量が互角《ごかく》のときには心の強いほうが勝つことを知っているからだろう。交渉《こうしよう》に応じるとみせかけて、奇襲をしかけてくるなど、侮《あなど》れない相手だと思えた。

だが、神宮側にたいした被害が出たわけではない。

この挑発《ちようはつ》に、兵たちが逆《ぎやく》に奮起《ふんき》すれば、ラカンの策《さく》は裏目《うらめ》に出ることになる。

戦いの行方《ゆくえ》は、まだ分からない。

3

その後、八分衆の襲撃はなく、神宮の軍は目指すトバリ族の集落の近くに布陣《ふじん》した。

集落は、周囲を山に囲まれた盆地《ぼんち》の小さな湖のほとりにあり、個数はおよそ千、人口は五千ほどだろう。

戦力的には、数百だろう。

そして近隣《きんりん》の集落や、また八分衆の他の部族の援軍《えんぐん》も来ているに違いない。

集落のまわりは柵《さく》で囲《かこ》われ、櫓《やぐら》がいくつも建てられていた。

備えは完璧に見える。

「さて、十位のブアクは、どう動くかな？」

リウイはひとりごとのようにつぶやく。

「兵を率《ひき》いているのは、カブキ衆のひとり、カゲュ殿《どの》です。正々堂々たる人柄《ひとがら》で知られていますから、おそらく正面から強襲されるでしょう」

カガリが答えた。

「そのほうがいいだろうな。持久戦をするには補給《ほきゅう》が必要だが、山道を運んでくるあいだに、輸送隊が八分衆の待ち伏せにあうのは必至だからな」

リウイはうなずいた。

攻めるだけ攻めて、落とせないようなら、さっさと兵を退《ひ》くべきなのだ。

族長ラカンさえ討《う》ち取れば、この戦いは勝利したといえる。だが、そう簡単に討ち取れる男ではない。

そして、ついに開戦《かいせん》となった。

鬨《とき》の声をあげて、神宮側の兵士が集落へと攻め込んでゆく。

イーストエンドの兵士は、鎧《よろい》は簡素《かんそ》な胴鎧のみで、木製の弓と直刀のみを武器としていた。

槍兵《そうへい》や騎兵《きへい》はひとりもいない。

大陸の戦いに慣れたリウイの目からは、ひどく粗末《そまつ》な武装《ぶそう》に見える。

大陸では魔法王国が滅《ほろ》び、剣の時代となってから、各地で戦乱があり、それにつれ武具はどんどん進化している。

その完成形が、甲冑《かっちゅう》に身を包み、馬上槍や大剣などで武装した騎士である。

神宮と八分衆の戦いはまず柵《さく》を挟《はさ》んで、矢の射ちあいからはじまった。

そして矢避《やよ》けの盾《たて》と木槌《きづち》を持った兵士が、決死の覚悟で柵に取りつき、打ち壊そうとする。

当然、守備側はその兵士から狙ってゆく。だが、そのためには、姿を晒《さら》し、逆に攻撃側の射手《いて》の的にもなる。

矢を受け、何人もの兵士が傷《きず》つき、倒れてゆく。

しばらくすると、柵が何箇所かで破られ、神宮側の兵士が雪崩《なだ》れこんでいった。

その後は、双方、剣を抜いての斬《き》りあいとなる。

まったくの乱戦《らんせん》だった。

しばらく一進一退《いっしんいったい》の攻防が続いたが、やがて神宮側が優勢《ゆうせい》となってゆく。

神宮側は訓練された正規兵《せいきへい》だが、八分衆側はただの寄せ集めにしかすぎない。

統率力の差が出たようだ。

カブキ衆の将軍カゲユも、前線に立ち、兵士を鼓舞《こぶ》している。

カグラ衆十位のブアクは陣地《じんち》に留まり、運ばれてくる負傷者に神聖魔法による治癒《ちゆ》を施《ほどこ》していた。

「メリッサは重傷者に癒《いや》しの魔法を、ジーニは軽傷者に応急措置《おうきゅうそち》を施してやってくれ……」

怪我人がどんどんと運ばれてくるのを見て、リウイはふたりに声をかけた。

ふたりはうなずき、ブアクのもとへと行く。

「わたしも、手伝います」

カガリがあわてて言って、ふたりの後を追う。

「分かってはいたけど、ひどい戦いね」

アイラが血まみれで苦痛の声をあげる兵士たちから目をそむけ、声を震《ふる》わせた。

「あれだけの乱戦だもの。怪我《けが》をしないほうがおかしいよ」

ミレルがため息をついた。

「このままなら、神宮側が押し切れるな。集落のあちこちで火の手が上がり、八分衆は浮《う》き足だっている。女子供《こども》が逃《に》げ惑《まど》うと、動揺《どうよう》はますます大きくなるしな」

柵を巡《めぐ》らし、櫓を立てたまではいいが、急造だったのか、それとも強度を確かめなかったのか、意外に脆《もろ》く破《やぶ》られてしまった。

それが、八分衆側には誤算《ごさん》だったかもしれない。

「ラカンも終わりかもな。再挑戦できなかったのは残念だが……」

だが、そのとき、異様《いよう》な叫び声が突然、起こった。

「何事かしら？」

アイラが怪訝《けげん》そうな表情をする。

「ここからだと、さすがに分からないな」

リウイは額《ひたい》に手をかざしてみたが、遠すぎて何も見えなかった。

「ちょっと待って、遠見の魔力を使う」

アイラがそう言うと、合い言葉を唱《とな》え、魔法の眼鏡の能力を発動させる。

「その手があったな」

リウイも同じ効果《こうか》の呪文《じゅもん》を詠唱《えいしょう》した。

そして拡大された視力で、戦場を見渡す。

戦いは今や集落全体に広がっていた。五人一組で行動する神宮の兵に、八分衆の戦士たちは単身、挑《いど》んでは討たれている。

神宮側の優勢《ゆうせい》は変わっていない。

だが、ひとつの櫓を取り囲む神宮の兵士の間に、異変が起こっていた。

「ラカンが見つかったのか？」

リウイは自問して、櫓の上を注視する。

だが、そこにいたのは——

「サベル……」

リウイは思わず、視線をそむけた。

だが、思い直して、ふたたび注意を向ける。

ファリスの伝道師サベルは、何事かを叫びながら、神聖魔法の奇跡《きせき》を使っていた。それを見て、神宮の兵士たちは動揺《どうよう》しているのだ。

「あいつ、何をやってるんだ？」

リウイはアイラを見つめた。

「さあ……」

アイラは肩《かた》をすくめる。

遠見の呪文では、声までは聞こえないのだ。

「ファリスの教義《きょうぎ》でも説いているんじゃないかしら」

「そういうことか」

リウイは顔をしかめた。

おそらく、天照神シャナは偽《にせ》の太陽神であり、至高神ファリスこそが真の太陽神だと説教しているのだろう。

意外なことに、サベルはそれなりに高位の奇跡《きせき》を使っていた。

それもあって、神宮の兵士たちは動揺しているのだろう。

「リウイ……」

そのとき、メリッサが息を切らしながら、もどってきた。

カガリも一緒である。

「どうした？」

「ファリスの神官が、天照神シャナの神官に宗論《しゅうろん》を挑んだらしいのです。それで、スセリは応《おう》じようと……」

カガリが、蒼《あお》ざめた顔で言った。

「なんだって？」

リウイは顔色を変えた。

「彼女が論破《ろんぱ》されるようなことがあれば、せっかくの勝ち戦もひっくりかえるぞ……」

「そう思います。わたしが代わるわけにもゆきませんし……」

メリッサが申し訳なさそうに言う。

「あまり勝手なことはしたくないが、オレたちも行こう」

リウイはそう言って、自分たちを見張っている兵士たちを振り返る。

「かまわないよな」

先日の戦いのおり、武器を返してもらっても、大人しくしていたこともあり、兵士たちの信頼は厚《あつ》くなっている。

なにより、カガリが同行しているのが大きい。父の命令で、故郷の部族に戻ったものの、もともとは神宮で弓の名手として名が知れているからだ。

将軍カゲュはもとより、兵士たちのあいだでも、彼女のことを知らぬ者はいない。ゆくゆくは、カグラ衆かカブキ衆に列すると目されていたらしい。

「我らも同行すればいいだけのこと」

兵士たちはうなずいた。

「ありがたい」

リウイはひとりずつ、握手《あくしゅ》をかわした。

そして彼らに先導され、ブアクのもとへと駆けつけた。

そのときには、すでにサベルとブアクの宗論は始まっている。

「どうだ？」

リウイは、ブアクの後方にひかえて周囲を警戒《けいかい》しているジーニに訊《たず》ねた。

「意外といえば意外だが……」

ジーニは呪払《のろいばら》いの紋様《もんよう》を指でなぞりながら答えた。

「あの伝道師のほうが優勢だな。彼はアノスで正統《せいとう》な神学を修《おさ》めている。あの風貌《ふうぼう》や話し方で損《そん》をしているようだが、言っていることは正論だ。それに対し、娘のほうは、信仰に迷《まよ》いがあるように感じる……」

「迷いがあるって？　それじゃあ、話にならないじゃないか」

リウイは呆然《ぼうぜん》とした。

ブアクが論破されるようなことがあれば、天照神シャナ教団の威信《いしん》にかかわる。兵士たちも、動揺する。

「殺《や》っちゃう？」

ミレルが目を細めてポツリと言った。

「本気でそうしたいが、今、あの男を殺せば、宗論に負けたことを認《みと》めることになるからな……」

リウイは歯噛《はが》みをした。

関わりあいたくないからと敬遠《けいえん》していたのだが、思いもよらぬ障害《しょうがい》になりつつある。

だが、今さら言ってもはじまらない。

今は、ただ宗論を見守るだけである。

戦いは神宮側の優勢のまま進んでいて、族長の屋敷とこの櫓を残し、あらかた制圧したようだ。

それは、兵士たちの天照神シャナへの信仰のたまものである。

だが、その信仰が、ひとりの伝道師の説法《せっぽう》で揺らぎつつある。

「……そもそも天照神シャナとは何者なのか？　ファリスは創世神話にも、頻繁《ひんぱん》に名前が出てきます。光の神々の王として、邪悪な闇の神々と戦いました。世界が今日あるのは、ファリスの威光《いこう》のおかげです」

サベルが身振り手振りを交え、恍惚《こうこつ》の表情で教義を説《と》く。

語尾が微妙に伸《の》びる不思議な口調だが、イーストエンドの民は気にならないようだ。

「ファリスだけが戦ったわけではありませんわ」

メリッサが不本意ですと繰り返す。

ファリスは至高神、光の神々の王を自称《じしょう》しているが、他の教団はそれを認めているわけではない。ファリスが偉大《いだい》な神であるのは間違いないが、もとから神々の王であったわけではない。

ファリスとファラリスが世界をどのように創るかで争《あらそ》い、光と闇の神々に分かれて争うことになったのが、神々の大戦の発端《ほったん》だからである。自然、ファリスとファラリスが両陣《りょうじん》営《えい》の盟主《めいしゅ》となったわけだ。

そして神々は滅び、神話の時代が終焉《しゅうえん》したため、そのままファリスとファラリスが光と闇の神々の王として人々は記憶したにすぎないのである。

「マイリー神は、神殺しの竜さえ、何頭も滅《ほろ》ぼしたとされていますわ」

メリッサは憮然《ぶぜん》として言った。

「興奮して、宗論に加わらないでくれよ。話がややこしくなる」

リウイはあわててなだめる。

「シャナがいかなる神格《しんかく》であったか、確かに神代の記録にはあるまい。だが、千年前にシャナは蛇神ヤヅチを封《ふう》じた。それは、天空の神々が為し得なかった奇跡なのだ。それゆえ、我らはシャナ様を神と崇《あが》めた。そしてシャナさまは天へと帰り、あまねく地を照らしている……」

ブアクも独特の口調で反論《はんろん》を行っているが、その声にはどうも力が感じられない。

「シャナが天照神というならば、なにゆえ、この大地のすべてで太陽神として信仰されていないのですか？　遠く呪《のろ》われた島にも、ファリスの聖王国は存在しています。ですが、天照神の王国は、この地にしか存在していません。太陽はひとつだけしかありません。それとも、この地に昇《のぼ》る太陽は、大陸で昇る太陽とは違うとでもいうのですか？」

サベルはブアクを指差し、そしてその指をゆっくりと天に向けてゆく。

そこには、春の日差しを投げかける太陽があった。

「困《こま》ったことに、正論だな」

リウイは頭を抱えたくなった。

彼は魔術師ギルドで弁論術《べんろんじゅつ》も学んでいる。この宗論に公平な判定を下すとしたら、ファリスの伝道師のほうが勝っている。

それ以前に、ブアク自身が論破されたことを自覚しているように見える。

「彼女の神官としての実力はどれぐらいなんだ？」

リウイはカガリに訊ねた。

「彼女が天照神の声を聞いて、まだ一年ほどです。日々、修行は積んでいますが……」

カガリは無念そうに言った。

「一年ですか……」

メリッサが思わず眉《まゆ》をひそめる。

それぐらいの修行では、高位の司祭にはとてもなれない。いくら素質《そしつ》があっても、せいぜい侍祭《じさい》級の実力しかないだろう。

メリッサが侍祭でいるのは教団を離《はな》れ、リウイの従者になっているからである。教団にもどれば、高司祭として最高司祭の補佐役《ほさやく》となるか、地方の神殿を任《まか》されるだろう。

だが、教団での地位などもはや関心がない。神の啓示《けいじ》を受け、仕えることになった勇者とともに行動することが、今や信仰のすべてだった。

「こう言っちゃあなんだが、成り立ての神官が、どうして十位の地位に就《つ》けるんだ？」

リウイが訊《たず》ねると、カガリの表情は暗く沈《しず》んだ。

「神官が、足りないからです。今、天照神の神官はちょうど十人。そして皇女になれるほどの実力者は誰もいません。スセリは若《わか》くして、神の声を聞き、神官となりました。彼女は神宮の希望でもあるのです」

「たった十人か……」

いかに小さな教団とはいえ、十人というのは異常《いじょう》であった。

「神官になれるかどうかは、素質《そしつ》によるところが大きいとされていますが、修行は間違いなく、素質を開花させるのに役立ちます。天照神の教団の修行法が誤《あやま》っているのでしょうか？」

メリッサが疑問をなげかけた。

「そうは思いません」

カガリは激しく頭《かぶり》を振った。

「他の教団の修行法も取り入れていますし、シャナ教団独自の修行法もあります。毎年、何人かは神の声を聞いています。ですが、それは天照神ではなく、他の神々の声なのです。それも、ほとんどが至高神ファリスと聞きます。そういった者たちは、いかに優秀《ゆうしゅう》でも教団を去《さ》るしかありませんから……」

「ますます深刻だな」

リウイは呻《うめ》いた。

神官の数が不足してしまっては、神官政治は根底から崩《くず》れてしまう。しかも、シャナに仕えるべく修行をしていて、ファリスの声を聞く者が多いということは、天照神が偽《にせ》の神であるという証拠《しょうこ》のようにも思える。

そういう事実も、噂《うわさ》ぐらいには広まっていることだろう。

「最高司祭が空位で、神代の蛇神が復活し、おまけに海賊の来襲だ。神宮を見限《みかぎ》る人々が現れるのもしかたないところだな」

リウイはあたりをはばかり、西方語でつぶやいた。

ブアクはすでに沈黙《ちんもく》し、周囲にはファリスの伝道師サベルの声だけが高らかに響いている。神宮の兵士たちは混乱しつつあり、戦闘はほとんど休止状態だった。

「あの野郎……」

ミレルが裏街言葉《スラング》で悪態《あくたい》を並べている。

そのとき、族長の屋敷《やしき》のほうで、叫び声があがった。

族長ラカンが姿を現したのだ。

「好機《こうき》と見て、討って出てきたな……」

リウイは舌打《したう》ちをする。

「神宮の将軍カゲユ、オレと勝負しろ！」

ラカンは雷鳴《らいめい》かと思うほどの声で咆《ほ》えた。

「応《おう》じたら奴《やつ》の思う壺《つぼ》なんだが……」

だが、カグラ衆十位のブアクが宗論に敗れた今、味方の士気をこれ以上、下げるわけにはゆかない。

カゲユには応じる以外に、選択《せんたく》の方法はなかった。

「どぉれぇ〜」

顔に厚く化粧《けしよう》を塗《ぬ》り、太い縄《なわ》をたすきがけにしたカブキ衆の将軍が、悠然《ゆうぜん》と姿を現した。

その表情は化粧に隠《かく》れて分からないが、臆《おく》しているようには見えなかった。味方を鼓舞《こぶ》し、あるいは動揺を抑《おさ》えるには、カブキ衆の施《ほどこ》している化粧は有効《ゆうこう》だとリウイは思う。

「あの将軍、強いのか？」

リウイはカガリを振り返って訊ねた。

「弱くはありません。ですが、相手が……」

カガリは耐《た》えられないというように顔を伏《ふ》せた。

「そうか……」

リウイはため息をついた。

ラカンの強さは、身にしみて知っている。

そして勝負はあっさりとついた。

剣で斬《き》りかかっていったカゲユを、ラカンは低い体勢からの体当たり一発で吹《ふ》き飛ばしたのである。

肋骨《ろっこつ》が折れ、肺《はい》が傷ついたらしく、カゲユは激しく血を吐《は》く。

「メリッサ!」

「承知しました」

金髪の女性司祭が将軍のもとに駆け寄り、癒《いや》しの呪文を唱える。

本当なら、スセリに声をかけるべきなのだが、彼女ぐらいの癒しでは命が助からないかもしれない。

神宮側の士気は崩壊《ほうかい》しており、これ以上、戦場に留《とど》まるのは危険だ。だが、リウイが退《たい》却《きゃく》を号令《ごうれい》するわけにもゆかない。

「十位のブアク!」

リウイは呆然と立ち尽くすスセリに向かって叫んだ。

彼女は面をかぶったまま、ゆっくりと顔をあげた。

「わたしには……わたしには、ブアクの面は重すぎます」

それは、面を外したときの彼女の声であった。

「天照神シャナの世は千年で終焉《しゅうえん》した。蛇神ヤヅチの世がふたたびやってくるのだ」

ラカンはあたりに轟《とどろ》くような声で叫ぶと、懐《ふところ》から一尾《び》の蛇《へび》を取りだした。

その蛇は、地面に落ちると、突然、変形《へんぎょう》した。ラカンと同じほどの背丈《せたけ》の人頭の蛇の姿に……

「我ニ背《そむ》キシ者ドモニ祟《たた》リアレ……」

人頭の蛇は、しゃがれた声で言った。

「あれが、蛇神なのか？」

リウイは驚《おどろ》きの声をあげる。

「いいえ、あれは蛇神の眷属《けんぞく》だと思います。あるいは、蛇神の思念が実態化《じったいか》したものか」

カガリが震える声で答えた。

「祟リヲ免《まぬが》レタクバ、我ニ生贄ヲ捧《ささ》ゲヨ。無垢《むく》ニシテ強キ娘ヲ!!」

そして人頭の蛇は、呆然《ぼうぜん》としているブアクのもとへと滑《すべ》るように動いていった。

側にいた神宮の兵士たちがあわてて道を開ける。彼らは完全に戦意を喪失《そうしつ》していた。

「御主人！」

カガリが叫ぶ。

彼女はすでに矢を番《つが》え、弓を引き絞《しぼ》っていた。

「許《ゆる》す！　あの化物、射《う》ち殺《ころ》してしまえ‼」

リウイは答えた。

他の仲間たちも、すでにスセリを助けるべく行動を起こしている。

「邪神必滅《ひつめつ》！」

カガリは気合の声をあげ、満月に引き絞《しぼ》った朱塗《しゅぬ》りの弓から矢を放った。狙《ねら》いは違《たが》わず、矢は人頭蛇の額《ひたい》に深々《ふかぶか》と突き刺さる。

その瞬間、人頭の蛇は、もとの姿と大きさに戻り、ぴくりとも動かなくなった。

「見事《みごと》だ！」

リウイはカガリに声をかけた。

そして、

「撤退《てったい》するぞ！　十位のブアクが命ぜられた。全員、ただちにこの場から退《ひ》け‼」

リウイは声を限りに叫んだ。

これで、もう後戻《あともど》りはできないな、と心のなかで苦笑しながら——

第5章　蛇神《じゃしん》の舞台《ぶたい》

1

太陽は、西の山の向こうに消えていた。

上空を漂《ただよ》う雲が、真っ赤に染《そ》まっている。

谷間の河原《かわら》は暗《くら》く閉《と》ざされ、地の底へとたたき落とされたような気分を覚える。

谷川のせせらぎの音が、規則正しく響《ひび》いていた。

リウイは河原に転がる大岩のひとつに立ち、周囲を油断《ゆだん》なくうかがっている。

山の斜面《しゃめん》には、人が動く気配はない。

谷川の上流と下流には高い滝があり、ここに来るには、滝を越《こ》えてこなければならない。

陸の孤島《ことう》とも言うべき場所である。

リウイたちは、浮遊《レビテーション》や飛行の呪文《じゅもん》を使って、ここまでやってきた。

身を潜《ひそ》ませるには、絶好《ぜっこう》の場所である。ここを教えてくれたのは、八分衆《はちぶしゅう》ホムラの部族の娘カガリだ。

「追っ手は、大丈夫《だいじょうぶ》みたいだね」

ミレルがリウイのところへやってきて声をかける。

彼女の側にはジーニ、メリッサ、アイラの三人もいる。

「カブキ衆のカゲュの具合は、どうだ？」

「さっき一度、目を覚ましたがな。今は、また眠《ねむ》っている」

「怪我《けが》は、もう大丈夫だと思います。ですが、体力が戻るまでは安静にしたほうがよいかと……」

ジーニが答え、メリッサが言い足す。

そうか、とリウイはうなずき、

「ひどい戦《いくさ》だったよな……」

と、ひとりごとのように続けた。

神宮《じんぐう》側はほぼ勝利を掌中《しょうちゅう》に入れていた。だが、カグラ衆である十位のブアクが至高神《しこうしん》ファリスの宣教師《せんきょうし》サベルとの宗論《しゅうろん》に敗れ、カブキ衆カゲュは八分衆トバリの部族の族長ラカンとの一騎《いっき》打《う》ちに敗れた。

そして神宮側の総崩《そうくず》れとなったのである。遠征《えんせい》してきた兵士たちは散《ち》り散《ぢ》りになり、八分衆の追撃《ついげき》を逃《のが》れ、敗走している。

「敗戦の噂《うわさ》は、すぐイーストエンド全島に広まるだろう。神宮に離反《りはん》する部族が増《ふ》えるかもな……」

イーストエンドの民《たみ》は、もともといくつもの部族に分かれ、独自《どくじ》の暮《く》らしを営《いとな》んでいた。それを天照神《てんしょうしん》シャナ教団が、信仰でまとめたのが神宮の政権《せいけん》である。

「このままでは神宮は倒され、八分衆がイーストエンドを支配《しはい》することになる。そしていにしえの蛇神《じゃしん》ヤヅチが、復活《ふっかつ》を遂《と》げる……」

「なんとかするつもりなんでしょ？」

アイラが苦笑《くしょう》を浮かべながら言った。

「もう後戻《あともど》りはできないからな」

「それにしても、あのサベルって神官、腹《はら》が立つよね。あの男が余計《よけい》なことをしなかったら、戦に負けてなかったのに」

「まったくだな」

リウイはうなずく。

思いもかけぬ伏兵《ふくへい》だった。

ラカンもあれほどの活躍《かつやく》は期待していなかっただろう。

「八分衆は蛇神を奉《ほう》じているわけですから、ファリス教団を擁護《ようご》するつもりなどありません。そのうち、痛《いた》い目を見ることになりますわ……」

メリッサがいかにも不本意《ふほんい》だというように言った。

そのときだった。

「あれ?」

ミレルが呆《ほう》けたような声をあげ、谷川の上流に目を凝らす。

「どうした?」

リウイが、黒髪《くろかみ》の少女に訊《たず》ねる。

「なんか、黒い大きなものが流れてくるんだけど……」

「なんだって?」

嫌《いや》な予感が、リウイの胸中《きょうちゅう》をかすめる。

「み、見なかったことにしようよ」

ミレルが狼狽《うろた》えながら言う。

「そうも、ゆかないだろう」

ジーニが苦笑しながら、谷川の流れへと足を踏《ふ》み入れる。

そしてミレルが見つけた〝黒い大きなもの〟を流れから拾《ひろ》いあげる。

「万物《ばんぶつ》の根源《こんげん》、万能《ばんのう》の力……」

アイラが上位古代語《ハイ・エンシエント》を唱《とな》え、魔法《まほう》の明かりを灯《とも》す。

青白い光が輝《かがや》き、辺りを目映《まばゆ》く照らす。

その明かりのもとへ、ジーニは川から拾い上げたものを投げだすように降ろした。

「噂をすればだな……」

リウイが顔をしかめる。

それは、至高神ファリスの伝道師《でんどうし》サベルに他ならなかった。

「今回こそは、ダメなんじゃない？」

ミレルが首を横に振る。

上流の集落から流されたのだとすれば、滝を何回かは落ちたことになる。

「そうでしょうか……」

メリッサが不安そうに言って、恐《おそ》る恐るサベルの顔を覗きこんだ。

その瞬間《しゅんかん》――

ファリスの宣教師は、鯨《くじら》が潮《しお》を噴《ふ》くように口から水を吐《は》きだした。

「ま、また……」

メリッサが顔に水をまともに浴び、がっくりと地面にくずおれる。

「恐《おそ》るべき生命力だな」

ジーニが感心したように言う。

サベルの顔は打撲《だぼく》で腫《は》れあがり、全身に傷《きず》を負っている。

「ファリスの加護《かご》なのかしらね」

アイラが首を傾《かし》げる。

「微妙《びみょう》な加護だな」

リウイが苦笑する。

瀕死《ひんし》の状態になるまで、神は放置しているのだろうか。

「それで、こいつどうするの？」

ミレルがサベルの顔を指で突《つ》く。

「かかわりあいたくはないが、放っておくのも厄介《やっかい》だと思い知らされたからな。連れてゆくしかないさ。味方にしておけば、意外に役に立ってくれるかもしれない」

「足を引っ張《ぱ》られるような気もするけど」

ミレルがうんざりとした顔で言う。

「不本意ですが、癒《いや》しの呪文《じゅもん》を唱《とな》えますわ」

メリッサがため息まじりに言うと、戦神《せんしん》マイリーに祈《いの》りを唱えはじめる。

高位の治癒《ちゆ》呪文が完成すると、ファリスの宣教師は、むくりと上体を起《お》こした。

そして、リウイたちを見回す。

「おお、やはり、本当の正義《せいぎ》を知る人は、あなたたちでしたか！」

サベルは歓喜《かんき》の声で言うと、ファリス神に感謝《かんしゃ》の祈りを捧《ささ》げた。

「それはいいから……」

リウイはサベルの祈りを中断させ、八分衆の集落で何が起こったかを訊ねる。

「わたしはラカン族長が呼びだした蛇《へび》の魔物《まもの》をこの目で見ました。そして神に祈り、善悪《ぜんあく》の判定《はんてい》を行ったのです……」

語尾《ごび》を伸《の》ばす独特《どくとく》の口調で、サベルは答えた。

「邪悪《じゃあく》だったわけだ？」

「その通りです」

サベルは大きくうなずいた。

「わたしは、ラカン族長に猛烈《もうれつ》に抗議《こうぎ》をしました。しかし、彼は聞き入れませんでした。それどころか、あの蛇の魔物こそが、この島の真の守護神《しゅごしん》だと言い張ったのです。そして、わたしは集落の人々に袋叩《ふくろだた》きにされ、川へと投げ込《こ》まれたのです」

「なるほどな」

リウイは同情の表情で言ったが、ほぼ予測どおりの顚末《てんまつ》である。

「この島の人々は、真の信仰《しんこう》のなんたるかを理解していません……」

サベルはそう嘆《なげ》くと、大袈裟《おおげさ》に天を仰《あお》いだ。

「教えてください……」

そのとき、ためらいがちな声が響いた。

リウイは声のほうを振り返る。

そこにいたのは、天照神シャナ教団を統《す》べるカグラ衆十位のブアクだった。もっとも、今は面はかけていない。

彼女の本当の名は、スセリという。

「あなたの言う真の信仰を、わたしに教えてください……」

消え入るような小さな声。しかし、彼女の瞳《ひとみ》には覚悟《かくご》がうかがえた。

「おお！」

サベルの表情が歓喜に変わる。

「教えましょう。わたしはそのために、この島にやってきたのですから」

「いいのかな？」

ミレルが小声で、リウイに訊ねた。

「スセリさんって、天照神シャナの神官なのよね？　それも、十人しかいない」

「その彼女が、信仰に迷っているわけだからな……」

リウイは答える。

「ファリスの教義《きょうぎ》を習うのも、悪いことではないかもしれない。それで彼女がシャナの信仰を捨《す》てたとしても、運命というものさ」

「なるほどね……」

ミレルはうなずく。

「こう言っちゃなんだけど、十人しか神官がいないような教団なんて、やってゆけるわけがないよ」

「そうだな。天照神シャナの教団は、ちょっと変わっていると、オレも思う。シャナは人間として生を受《う》け、神となり天に昇《のぼ》ったという。英雄崇拝《えいゆうすうはい》は小部族のあいだでは珍《めずら》しいことじゃないが、それが教団になり、神官までいるなんて、聞いたことがない。神に匹敵《ひってき》する存在《そんざい》、たとえば太古の竜《りゅう》とか巨人なら、信仰することで力を得《え》られることもあるけどな」

「ティカが、まさにそうだよね……」

ミレルが相槌《あいづち》を打つ。

「彼女、だんだん雰囲気《ふんいき》が人間離《ばな》れしてきた気がするけど」

「いつも、クリシュの世話をしてもらってるからな。彼女にとっては望《のぞ》むところらしいが……」

リウイは複雑《ふくざつ》な表情を見せる。

ティカは、竜司祭《ドラゴン・プリースト》である。竜を崇《あが》め、竜に転生することを目標としている。

彼女が世話をしている火竜《ファイアドラゴン》の幼竜《ドラゴンパピー》クリシュは、彼女が属《ぞく》する部族の先代の族長が転生した姿なのだ。

だが、人間であることを捨て、竜となることにどういう意味があるかは、正直、理解《りかい》できない。

彼女がいてくれるおかげで助かってはいるが、便利《べんり》に使っているようで申し訳なくなる。若く魅力的《みりょくてき》な娘なのだから、もっと他の生き方があるようにも思う。だが、彼女自身が疑問《ぎもん》をもっていないのだから、他人が口を挟《はさ》むことではない。リウイから見て、彼女はらしく生きているのだ。

「クリシュがオレたちと一緒にいることは、ラカンも知っているしな。ティカをここに呼んでも、問題ないだろう」

リウイはひとり言のように言うと、クリシュに呼《よ》びかけた。どこまで遠く離れていても、心の声は届《とど》く。

クリシュの反応《はんのう》から、ティカも気づき、ふたりはすぐにここにやってくるはずだ。

「将軍《しょうぐん》が回復《かいふく》したら、すぐにここを発《た》つ。八分衆の追っ手にはできるかぎり見つからないように動こう」

リウイは、その場にいる全員を見回すと、そう呼びかけた。

2

八分衆の集落があるイーストエンド南部の山岳地帯《さんがくちたい》から、シャナ教団の神宮があるミマの都は、三日ほどの距離《きより》だった。

さすがに人口が多く、街路《がいろ》は賑《にぎ》わっていた。

だが、行き交う人々の顔には、不安の表情がうかがえた。

八分衆を討伐《とうばつ》に出かけた遠征軍《えんせいぐん》が敗れた知らせは、当然、伝わっていよう。海賊《かいぞく》の襲来《しゅうらい》や蛇神復活《じゃしんふっかつ》の噂もあり、末世の予感に、彼らは怯《おび》えているのだ。

リウイたちはカグラ衆十位のブアクとカブキ衆の将軍カゲユとともに都に入り、大路を神宮へと向かった。

至高神ファリスの伝道師サベルも一緒である。

クリシュは、いつものことだが、ティカに世話を頼《たの》み、都の郊外《こうがい》の森に待機させることにした。

目立たぬよう、全員がイーストエンドの衣服に着替《きが》え、顔も頭巾《ずきん》で隠《かく》す。

そして、さしたる騒動《そうどう》もなく、無事、神宮へと到着《とうちゃく》した。

神宮は都の北端《ほくたん》、三方を山で囲まれたところにあった。神殿《しんでん》とはいえ政治《せいじ》の中心でもある。高い塀《へい》で囲まれ、今は非常時《ひじょうじ》ということもあり、門は固《かた》く閉《と》ざされていた。

しかし、スセリがブアクの面をかぶって進みでると、門番は恭《うやうや》しく門を開く。

「おそらく、皆様に対する詮議《せんぎ》が行われますが、我らに協力的であることは、わたしどもから伝えます。神宮が滅《ほろ》びようとしている今、味方はひとりでも多く必要です。カグラ衆上位の方々も、皆様には期待されることと思います」

スセリはそう言い残し、カゲユとともに神宮の本殿へと向かう。

本殿は、驚《おどろ》くほど巨大《きょだい》な建造物《けんぞうぶつ》だった。

三本の大木を束《たば》ねて作られた巨大な柱で支《ささ》えられ、中央から左右に傾斜《けいしゃ》した独特《どくとく》な形《けい》状《じょう》の屋根を持つ建物が、さながら空中に浮かんでいるかのような印象《いんしょう》を受ける。

長い階段《かいだん》が続いており、スセリとカゲユが昇《のぼ》っている姿《すがた》が見えた。

リウイたちは、門の側にある建物で待機させられる。

中は板敷《いたじ》きの広間となっており、弓《ゆみ》や剣《けん》といった武器が並べられている。衛兵《えいへい》の詰《つ》め所のようだ。

何人もの兵士たちが見張《みは》りについたが、殺気だった雰囲気はない。全員が、カガリを敬うように挨拶《あいさつ》する。

「ここは、わたしがもともと勤《つと》めていた場所なんです」

八分衆ホムラの部族の娘であるカガリが、懐《なつ》かしそうに広間を見回した。

族長である父親の命令でやむなく部族に帰ったものの、本心は神宮に戻《もど》りたいのだろう。

リウイたちは女官たちが運んできたイーストエンド産のお茶で一服しながら、のんびりと待つことにした。

そして、しばらくすると、男がひとり姿を現す。

あきらかに、カブキ衆と分かる派手《はで》な化粧《けしよう》をしていた。

カゲユが戻ってきたのかと思ったが、衣装《いしよう》や体格《たいかく》、それに隈取《くまど》りが微妙に違う。

男はリウイを見つめると、白い歯を見せた。化粧で表情は分からないが、おそらく笑っているのだろう。

「ようやく、やってきたな」

カブキ衆の男は、言った。

聞き覚えのある声だった。

「もしかして、ソーマか？」

リウイたちを、ムディールからこのイーストエンドまで船で運んでくれたのが、彼だ。交易商人《こうえきしようにん》のソーマと、名乗っていた。

「この隈取りをしているあいだは、カブキ衆水軍頭《すいぐんがしら》のスイゲイだがな……」

男は答えると、どっかりと板敷きの広間に腰を下ろした。

「八分衆を相手にいろいろとあったらしいな。総領《そうりよう》ラカンとも一騎打ちをしたそうじゃないか？」

「あっさりと負けてしまったがな」

リウイは苦笑をもらした。

「あの男とまともに戦って勝てる男は、この島にはおらんさ。カゲユでさえ、ひとひねりにされたと聞いた」

「あんたなら、どうだ？」

リウイはそう訊ねてみる。

この男が相当な手練《てだ》れであることは分かっている。

「熊《くま》と鮫《さめ》が戦うようなものだな……」

ソーマは声をあげて笑った。

「水のなかに引き込めば、オレの勝ちだ」

「なるほど……」

リウイは笑顔でうなずいたが、すぐに真顔になる。

「あの男に勝つには、あの男が使う独特の格闘術《かくとうじゅつ》のことを知らなければならないように思う。オレも素手《すで》の戦いには自信があったんだが、いつも拳《こぶし》ひとつでなんとかしてきたからな……」

正規《せいき》の格闘術を習ったことは一度もない。そもそも素手で戦うより、武器で戦ったほうが強いのだから、その必要もないと思っていた。ただの喧嘩《けんか》なら、実戦だけで十分である。

「あの男と、もう一度、戦うつもりなのか？」

「機会があればだが……」

当然だと言わんばかりに、リウイは答えた。

「あいつを従《したが》わせるには、戦で負かすより、一騎打ちを挑《いど》んで、ねじ伏《ふ》せたほうがいいはずなんだ」

「八分衆の総領は、最強の戦士であると自負しているからな」

ソーマはうなずくと、

「おまえなら、やれるかもしれん……」

と、続けた。

「ラカンと同じ格闘術の使い手は、神宮にもいる。その稽古《けいこ》に参加《さんか》してみるといい。オレが声をかけておこう」

「ありがたい」

リウイは膝《ひざ》に手をつき、ソーマに頭を下げた。

「礼には及《およ》ばんよ。まずは、八分衆の反乱を鎮《しず》めんことにはな。海賊のことまで、手が回らんのだ」

リウイが笑う。

「水軍の頭としても、まずは陸の始末からということか？」

「それが、順番というものだからな」

ソーマは面白くなさそうに言った。

「それにしても、おまえは噂どおりの男だったよ。千年ほとんど変わらなかったこのイーストエンドが、大きく動きはじめている」

「オレの噂？」

リウイはわずかに目を細め、ソーマを見つめる。

「大陸に渡っているときに聞いた、ある国の王子の噂だ。その男が行くところ、争乱《そうらん》が起こるのだそうだ。だが、その王子の活躍《かつやく》で、争乱は収まるとも聞いた……」

「初耳だな」

リウイはとぼけてみせた。

つまり、ソーマはこちらの正体を知っていたということだ。だからこそ、八分衆の集落に近い海岸に、自分たちを下ろしたのだろう。いったい何を期待したのかは分からないが……。

そのとき、ブアクの面をかぶったスセリが、戸口に姿を現《あらわ》した。

「カグラ衆一位のロウオウ様と二位のハンニャ様が参られる。神妙《しんみょう》に詮議を受けるもよし、黙《だま》りつづけるもまたよし……」

ブアクの役目に従《したが》い、彼女は皮肉っぽく言った。

リウイたちは板敷きに畏《かしこ》まって座る。

そして穏《おだ》やかな表情をした老女の面と、鋭《するど》い二本の角を生やした恐ろしげな鬼女の面をつけたふたりの人物が、座敷《ざしき》のなかに入ってきた。

老女の面のほうが〝ロウオウ〟と名乗り、鬼女の面のほうは〝ハンニャ〟と名乗った。

「異人《いじん》の一団と、反乱を起こした部族の娘が一緒とはな」

ハンニャは激《はげ》しい口調で言うと、リウイたちをぐるりと見回す。

「ハンニャ様はお役目上、攻撃的《こうげき》な物言いをなされます。あまりお気になさらず」

カガリがそっとリウイに耳打ちした。

リウイは無言でうなずく。

「異国の方々、この日出処《ひいずるところ》の島へよう参られた。十位のブアクをお救いいただいたよし、感謝《かんしゃ》の言葉もありませぬ」

ハンニャとは対照的にロウオウは穏やかな口調で言った。

だが、それも役割なのだろう。ふたりの真意は分からない。

ふたりとも女性のようだ。面で声音《こわね》が変わっているので、年齢《ねんれい》までは分からない。

「アレクラスト大陸のエレミア王国より参りました交易商のルーイにございます。こちらに控《ひか》えますは、わたしの旅の連れ。そしてカガリ殿には縁《えん》があり、島の案内役を願っております」

リウイはいつになく丁寧《ていねい》に応対《おうたい》した。

相手の表情がうかがえないだけに、どういう態度に出ればいいか分からないからだ。

「おまえたちが、この島へと渡ってきた事情は、ブアクから聞いて理解している。カストゥール王国の魔術師《まじゅつし》が鍛《きた》えた魔法の武具《ぶぐ》を探し求めているとのことだな？」

「魔法王の鍛冶師《かじし》の異名《いみょう》を持つヴァンという名の付与魔術師《エンチャンター》です」

ハンニャに問われ、リウイは神妙に答えた。

「それが、我《わ》が教団の至宝《しほう》である三神器《さんじんぎ》と知って、やってきたのか？」

「この国に渡《わた》ってきたときには、そのことは知りませんでした」

リウイは首を横に振る。

「それがどのようなものか、どこにあるか、誰が所有するかも知らぬまま、ただその強大な魔力のみを頼りに探し当てるつもりでした」

まさか、イーストエンドの国宝になっているとは思いもよらなかった。

「しかし、カガリ殿から三神器の話を伺《うかが》うにつれ、それこそが、わたしたちが求めているものかもしれぬと思っておりました」

「我が国は他国と交易せずとも栄えている。そして三神器はいかなる事情があろうと、手放すつもりはない」

ハンニャはきっぱりと言い放った。

その答えは当然、予測できた。

「至宝ということであれば、お譲《ゆず》りいただけないのはごもっともです……」

リウイは恭しく答える。

「ただ、できますなら、実物を拝見《はいけん》し、正確な銘《めい》やその魔力を判定したいのですが、いかがでしょう?」

リウイは低姿勢《ていしせい》に頼んでみた。

本物の商人になったような気分である。

「無礼極《ぶれいきわ》まりないな!」

ハンニャは憤然《ふんぜん》と言い、鬼女の面で睨《にら》みつけた。

ロウオウは無言のまま、じっとふたりの会話に耳を傾《かたむ》けている。

「それは承知《しょうち》のうえです」

リウイは臆《おく》することなく答えた。

そして鬼女《きじょ》の面の奥《おく》を透視《とうし》しようとでもするように、カグラ衆二位のハンニャを見つめかえす。

しばらくのあいだ沈黙《ちんもく》が続いた。

そして、その沈黙を破《やぶ》ったのは、ロウオウであった。

「……三神器は、天照神シャナが封《ふう》じた蛇神ヤヅチを滅ぼすため、カストゥール王国の魔術師が授《さず》けてくれたものなのです。今、何かがあっては、取り返しのつかないことになります。どうか、我らの事情、お察《さっ》しいただきたい」

その言葉を聞いて、やはりな、とリウイは思った。

自分たちの予測は、正しかったということだ。

「三神器が贈《おく》られたのは、五百年あまり前のことだと聞いております。そのときには、蛇神は復活しなかった。しかし封印から千年にあたる今回は……」

「異国の人間には関係ないことだ！　蛇神復活が恐ろしいなら、早々にこの国を立ち去《さ》るがよい!!」

ハンニャがふたたび声を荒らげ、リウイの言葉を遮《さえぎ》る。

それが役目だからか、本当に苛立《いらだ》っているのかは微妙なところだった。

「立ち去るつもりはありません……」

リウイは姿勢を正し、静かに言った。

「蛇神が滅《ほろ》びるのを待ちます。それで、三神器の役割は終わるのですから。無論、それでお譲《ゆず》りいただけるとは思っていませんが……」

三神器が蛇神ヤヅチと戦うときに、どういう魔力を発揮《はっき》するかは分かると思っている。

（もっとも、蛇神と戦うとき、側にいないといけないわけだがな……）

最悪、持ち帰ることができなくても、武具の銘や魔力がはっきりとし、魔法王《ファーラム》の剣ではないことを確かめられたら、最低限の使命は果たせたといえる。

リウイは心のなかでつぶやいた。

「ロウオウ様、ハンニャ様……」

それまで、座敷の片隅《かたすみ》に退き、神妙にしていた水軍頭のスイゲイことソーマが発言を行った。

「出過ぎるな、スイゲイ!」

ハンニャが鋭《するど》く制す。

「よい……」

ロウオウがゆっくりとうなずいた。

「申しなさい」

「はっ!」

ソーマは床に頭をつけるほどに平伏《へいふく》してから、派手に隈取りされた顔をあげた。

「そこにいる交易商ルーイ殿は、ただの商人にあらず、カストゥール王国の魔術にも通じ、また戦士としても優《すぐ》れております……」

「魔法戦士……ということか?」

ハンニャが驚いたように言い、ロウオウと一瞬、視線をかわす。

「大陸で、彼はまさにそう呼ばれておりました」

「あい分かった……」

ハンニャはソーマにうなずくと、ふたたびリウイを見つめた。

そして、

「ロウオウ様からご沙汰《さた》がある……」

と、形式張った口調で続けた。

「あなたがたに、この国での滞在《たいざい》を認《みと》めましょう。そのあいだ自由に行動してかまいません。十位のブアクに、一切の世話をさせましょう」

穏やかな口調で、ロウオウは言った。

「面倒《めんどう》このうえないな……」

ブアクがぶつぶつとつぶやきつつ平伏する。

「感謝いたします」

リウイも大きく息をしてから、深々と一礼した。

これほど緊張した交渉は、これまでになかったかもしれない。相手の表情が窺えないのが、これほど厳《きび》しいとは思いもしなかった。カグラ衆のかける面には、そういう意味もあるのかもしれない。

(だが、これで思うままに行動できるというもんだぜ)

リウイは内心、ほくそ笑んだ。

もっとも、これから、どうするかは決めていない。

今すぐ、三神器を見ることはできそうにないから、それは機会を待つしかない。

(他に何ができるかな?)

リウイは自問してみた。

その間に、ロウオウとハンニャのふたりは座敷から立ち去っていった。

十位のブアクは、ふたりを見送ってから静かに面を外した。

「これより、わたしが皆様のお世話をいたします」

板敷きに正座し、丁寧にお辞儀《じぎ》をしてから彼女は言った。

「こちらこそ、よろしく頼む」

リウイは笑顔で挨拶《あいさつ》を返す。

「それで、さっそくなんだが……」

「なんでしょうか?」

スセリは訊ねる。

「蛇神ヤヅチがどこに封印されているか分かるかな? できれば、その姿を見たいと思うんだが……」

「ヤヅチをですか?」

スセリが呆然《ぼうぜん》となる。

「何を言いだすかと思えば……」

まだ部屋に残っていたソーマのほうは大声で笑う。

「他にすることもないからな」

リウイは平然と答えた。

「さっきの人たちが、許可《きよか》してくれるかな？」

ミレルが首を傾げる。

「許可を願いでたら、却下《きやつか》されるだろうな……」

ソーマがあっさりと言った。

「やっぱりね」

ミレルはため息をつく。

「だから、許可など求めないことだ。カグラ衆十位のブアクの権限は、それほど小さくはない。〝舞台〟に立ち入るぐらいは、何の問題もない。おまえたちは、それに同行するだけのことだ」

「なるほど」

リウイはにやりとしてうなずいた。

「もっとも、ブアク様には、責《せ》めを負うお覚悟《かくご》が必要やもしれませんが」

ソーマはそう言って、スセリを見つめる。

「覚悟なら、あります……」

十位のブアクである娘は、決意の表情でうなずいた。

「どのようなことでも、お申し付けくださいませ」

「心強い言葉だ」

リウイは礼を言うと、すぐ出発しようと提案《ていあん》する。

事態はいつ、どう動くか分からない。ゆっくりしている余裕《よゆう》などないのだ。

3

〝舞台〟と呼ばれる場所は、神宮がある都の郊外に四半日ほどのところにあった。

リウイと仲間たちの他に、カガリ、スセリ、そしてファリスの伝道師サベルが同行する。

「蛇神ヤヅチは、ここに封じられています」

ブアクの面をつけたスセリが言う。

墳墓《ふんぼ》のような円形の小高い丘の頂《いただき》に、大きな岩を組み上げた門があり、青銅製《せいどうせい》の扉《とびら》がついている。

扉には、真新しい縄《なわ》が張られ、そこにぎざぎざの形に切られた紙片《しへん》が下げられている。

「扉の奥に続く地下空洞《くうどう》こそが、蛇神の棲処《すみか》であったとされてます。天照神シャナは、ここでヤヅチと戦い、封《ふう》じたのです」

「単身《たんしん》、戦ったのか？」

リウイは訊ねる。

「いえ、何人かの女たちが、共に戦ったとされています。それが初代のカグラ衆となり、天に昇ったシャナを奉り、神宮を開いたのです」

その伝統から、カグラ衆には女性だけがなる決まりとなったのだと、スセリは言った。

「つまり、この国は千年ものあいだ、女性が治めてきたわけだ……」

だからこそ、平和だったのかもしれないが、権力欲《けんりょくよく》の強い男たちが、よく従ってきたものだと思う。

人々の天照神シャナに対する信仰心のゆえだろう。

だが、その信仰も、今や薄れつつある。教団の神官は、わずか十人しかいないのだ。

「さて、ヤヅチと対面とゆこうぜ」

リウイは緊張を解《ほぐ》そうと、笑いながら言った。

〝舞台〟の扉は厳重《げんじゅう》に施錠《せじょう》されていたが、スセリが神宮から持ち出してきた鍵《かぎ》で、難なくそれは開く。

中は階段になっており、地下へと続いていた。

「アイラ、魔法の明かりを……」

「はいはい……」

アイラは上位古代語《ハイ・エンシェント》の呪文を唱え、青白い魔法の光を、魔法の発動体である杖《つえ》の先に灯《とも》す。

そして、それを高くかざした。

魔法の明かりを頼りに、全員が慎重に階段を降りてゆく。

百段近くもある長い階段を降りきると、鍾乳洞《しょうにゅうどう》のような洞窟《どうくつ》が広がっていた。どこからか水が流れる音が聞こえる。地下水脈でもあるのだろう。

「スセリさんは、ここへ来たことはあるのですか?」

メリッサが訊ねる。

「ブアクの面を拝領《はいりょう》したときに、一度だけですが……」

スセリは答えた。

「それが一年ほど前です。そのときにも、怪《あや》しい気配を感じましたが……」

「わたくしも、感じています」

メリッサはスセリにうなずきかけると、戦神マイリーの名を唱えた。

「明らかに、邪悪な気配ですね」

ファリスの伝道師サベルが、独特の口調で言う。

「前に来たときより、気配は強くなってるように思います」

スセリはわずかに声を震わせた。

「心を強く持つのです」

サベルが叱咤《しった》するように言った。

「はい、伝道師様」

スセリは、素直《すなお》にうなずいた。

都に来るまでの道中、彼女はサベルが語るファリスの教義《きょうぎ》を熱心に聞いた。至高神ファリスに改宗《かいしゅう》するつもりかと思うほどである。

一抹《いちまつ》の不安は覚えるものの、リウイたちはスセリのしたいようにさせた。信仰の問題だから、他人がどうこう言うべきではない。

一行は、スセリを先頭に、地下空洞の奥《おく》へと進んでゆく。

そして、それは姿を現した。

空洞の壁《かべ》の一面が、滝を連想させる乳白色《にゅうはくしょく》の岩で覆《おお》われている。

その岩に、巨大な八つ首の蛇が浮き彫《ぼ》りのように張りついていた。

「あれが、蛇神ヤヅチです……」

スセリがふたたび声を震《ふる》わせた。

話に聞いていたとおり、それぞれに人の顔がついている。

禍々《まがまが》しいというしかない姿だった。

蛇神は、乳白色の岩と完全に同化しているように見えた。

「とても、封印が解《と》けつつあるようには、見えないけどな」

リウイはひとりごとのようにつぶやく。

そして、蛇神のほうに慎重《しんちょう》に近づいていった。

「危《あぶ》ないわよ」

アイラが悲鳴にも似た声をあげる。

「異変《いへん》を感じたら、すぐ退散《たいさん》するさ」

リウイは振り返ることなく答えた。

そして、そのまま、ヤヅチが張りついている岩壁《がんぺき》までやってきた。

大木の幹《みき》のごとき蛇の胴体の部分が、すぐ目の前にある。

ゆっくりと、手を伸ばしていった。

指先が、硬《かた》いものに触《ふ》れる。
「完全に、岩の感触《かんしょく》だな」
リウイは仲間たちを振り返った。
「五百年前と同じで、今回も、蛇神の復活は噂だけかもしれないぜ」
笑いながら言い、仲間たちのもとへ戻ろうとする。
その瞬間だった。
（コロセ……）
どこからか、声が聞こえてきた気がした。
リウイは立ち止まり、石化している蛇神をもう一度、見つめる。
（女ドモヲ殺《ころ》スノダ……）
今度は、その声ははっきりと聞こえた。
しかも、それは耳にではなく、心話の呪文のように、直接、脳裏《のうり》に響《ひび》いている。
「おまえの声なのか？」
リウイは、思わず蛇神を見上げた。
八つに分かれた蛇の首の先に、顔がある。
すべて女の顔だと思えた。

十六の瞳が、彼を見下ろしている。

そして目が合ったと思った瞬間であった。

リウイの意識《いしき》は白濁《はくだく》した。

「殺せ……」

そして彼の口からはそんな言葉が漏《も》れていた。

「女どもを殺すのだ……」

ふらふらとした足取りで、仲間たちのところへともどってゆく。

「リウイ？」

様子が変だと思い、アイラが駆《か》け寄ってゆこうとする。

「待て！」

ジーニが鋭《するど》い声で制《せい》し、魔法の眼鏡《めがね》をかけた女性魔術師を引き留《と》めた。

そのときである。

「ウガガーッ！」

獣《けもの》のように吠《ほ》えたかと思うと、リウイは猛然《もうぜん》と突進《とっしん》をはじめた。

「ひっ！」

アイラが顔をひきつらせる。

「リウイ、どうしちゃったの？」

ミレルがうろたえたように言う。

「どうやら、蛇神に、操《あやつ》られたようだ……」

ジーニがかすれた声でつぶやく。

「蛇神は男を操り、女を殺す。あいつの獲物《えもの》は、わたしたちだ」

そして赤毛の女戦士は一歩前に出て、低く身構《みがま》えた。

「襲《おそ》ってくれるのはいいけど、殺されたくはないよぉ」

ミレルが泣きそうな声をあげた。

「ウガーッ」

リウイはもう一度、咆哮《ほうこう》し、拳を振りあげた。

それが恐るべき凶器《きょうき》であることを、ジーニたちは誰よりも知っていた——

第6章　決戦の舞台

1

「ウガガーッ」

巨漢《きょかん》の魔法戦士《ルーンソルジャー》が獣のように吠えながら、迫ってくる。

蛇神ヤヅチの魔力に操られたリウイだった。

ジーニはその動きを油断《ゆだん》なく見ながら、身構《みがま》えている。

白目をむきながら、リウイは両手で摑《つか》みかかってきた。

ジーニはその腕《うで》をかわし、みぞおちに拳を突き入れる。

「ウゲゲッ」

不気味な呻《うめ》き声を漏《も》らし、リウイはよだれを糸のように垂《た》らす。

だが、動きはほとんど鈍《にぶ》ってなかった。

「リウイ、ごめんね」

ミレルが謝《あやま》りながら、低い姿勢《しせい》からの回し蹴《け》りを放つ。

あいかわらず丸太を蹴るような感触だったが、リウイが体勢を崩《くず》していたこともあり、なんとか地面に倒すことができた。

「偉大《いだい》なる戦神マイリーよ、この者の狂気《きょうき》を取り除《のぞ》きたまえ！」

メリッサが高らかに神聖魔法の祈《いの》りを捧《ささ》げたが、効果《こうか》はなかった。

リウイは地面に手をついて這《は》いながら、獲物の隙《すき》を狙《ねら》っている。

「どうしたらいいの？」

アイラは完全に狼狽《ろうばい》していた。

魔法を使えばいいのだろうが、どれがいいのか思いつかない。

傷《きず》つけるわけにには、ゆかないのだ。

「わたしにまかせてください……」

そう叫《さけ》んで、カガリが進みでてきた。

「大丈夫か？」

ジーニが訊ねる。

「相手が獣なら、生け捕《ど》りにすればいいだけですから……」

カガリはそう答えると、いきなり腰帯《こしおび》を解《と》いた。

その帯を両手で持ち、リウイを挑発《ちょうはつ》するようにゆらゆらと動かす。

当然、着物ははだけ、肌《はだ》があらわになっている。

「ワグーッ」

帯と肌のどちらに刺激《しげき》されたか分からないが、リウイは興奮《こうふん》したように鼻息を荒《あら》くした。

そして手足を使って高く跳躍《ちょうやく》し、カガリに襲《おそ》いかかっていった。

ホムラの部族の族長の娘《むすめ》はのしかかられ、地面に押し倒《たお》された。

「カガリさん！」

カグラ衆十位のブアク、スセリが悲鳴《ひめい》をあげた。

しかし——

次の瞬間、リウイはぐったりと動かなくなっていた。

「どうなってるの？」

ミレルがもとからつぶらな目をいっぱいに開く。

「死んだってことはないわよね」

アイラが不安そうに、リウイを覗《のぞ》きこむ。

彼の首に、鮮《あざ》やかな朱色《しゅいろ》の帯が巻きついていた。

「心配はありません……」

カガリの声がして、リウイの身体《からだ》の下から苦労《くろう》して這《は》いだしてきた。

「血の流れを止めて、意識を失わせただけです。御主人が正気であれば、かなわなかったでしょうが、先ほどはただのケダモノでしたから……」

「今のも、イーストエンドに伝わる格闘術なのか？」

ジーニが訊ねる。

「はい……」

カガリは息を整えながらうなずく。

「ラカン様が得意とされているのは、力と剛《ごう》の格闘術ですが、わたしが使ったのは気と柔《じゅう》の格闘術です」

「この島では、武器を使わない戦いが盛《さか》んなのね……」

アイラが感心したように言う。

「神代《かみよ》の暮《く》らしが長く続いていたからでしょう。道具を使うようになったのは、蛇神ヤヅチが守護神となり、技術《ぎじゅつ》を伝えてからだとされています……」

「あの蛇神も、ただの祟《たた》り神《がみ》ではないということね……」

アイラがうなずく。

「ですが、邪悪です！」

語尾を伸ばす独特の口調で、サベルが言った。

「生贄《いけにえ》を求め、人を操《あやつ》るような魔物を、神と呼んだりしてはいけません。もっとも偉大なる神は天空におわす至高神《しこうしん》ファリスなのです」

ファリスの伝道師の言葉に、メリッサがいかにも不本意だという表情をしたが、状況《じょうきょう》が状況だけに何も言わない。

それに、あの蛇神が邪悪だという点では異論《いろん》はない。

「さて、引き上げるとしようか……」

ジーニがため息まじりに言って、意識を失い縛《しば》りあげられたリウイを担《かつ》ぎあげた。

「そうね……」

ミレルがうなずく。

「蛇神の封印が解けようとしているのは間違いなさそうだし、伝説が正しかったってことも分かったし……」

蛇神ヤヅチは男を操る魔力を持っている。そしてリウイの様子を見るかぎり、それに抵《てい》抗《こう》する術《すべ》はどうやらなさそうだ。

「あたしたちだけで戦うしかないのかなぁ」

ミレルはそうつぶやくと、地下洞の天上を見上げた。

「気が進まないなぁ……」

アイラは自らの肩《かた》を抱《だ》き、身震《みぶる》いした。

「どう見ても、あんな化け物に人間が敵《かな》うわけがないもの。頼《たの》みは、ヴァンが鍛えた魔法の武具《ぶぐ》——三神器が、どれほどの魔力を持っているかだけど……」

「しかし蛇神より先に、八分衆をはじめ離反《りはん》した部族を討伐《とうばつ》する必要があるかもしれませんわ。それさえ、今の状況では難《むずか》しいかと……」

メリッサが沈痛《ちんつう》な表情で言った。

「八分衆はきっと、各地の部族に呼びかけ、神宮打倒《だとう》の兵を挙《あ》げます。それに応じる部族もいることでしょう。イーストエンドの人々は蛇神の復活と海賊《かいぞく》の襲来《しゅうらい》に動揺《どうよう》していますから……」

スセリが力なくうなだれる。

「蛇神に頼れば、海賊どもを容易《ようい》に退けられると、ラカン様は考えておられます。ですが、蛇神に支配されていた頃のこの島は、決して幸せではなかったと思うのです……」

カガリがぽつりとつぶやく。

蛇神は男を支配し、男は女を支配する。そして女は蛇神の生贄に捧《ささ》げられた。彼女自身、〝鬼神《きしん》〟に生贄に差しだされた身である。

幸いなことに、その鬼神は凶暴《きょうぼう》でも残酷《ざんこく》でもなかった。

（物足りないと思うぐらいに……）

カガリはジーニに担《かつ》がれているリウイをじっと見つめつづけた。

先ほどは無様だったというしかない。しかし、それは蛇神を恐れなかったゆえだ。

（御主人は、ヤヅチを本気で倒すつもりでおられる……）

イーストエンド最強の男であると自負している八分衆頭領ラカンも、ホムラの族長である父も、蛇神には絶対、勝てないと思いこんでいる。だからこそ、守護神として奉《たてまつ》ろうとしているのだ。

カガリは八分衆の女として、父の言いなりになってきた。鬼神の生贄とはなった今のほうが、自由になったように思う。

（わたしはどうしたいのだろう？）

カガリは、そう自問してみた。

誰かの意志《いし》ではなく、自らの意志で考えなければと思った。

そして、答えはすぐに出た。

（蛇神ヤヅチを倒したい。そうすれば、ラカン様も父上も、目を覚ますはずだから……）

2

ジーニたちは神宮がある都へもどり、スセリの館へと、気を失ったままのリウイを運びこんだ。

念《ねん》のため縄は解《と》かず、縛《しば》りあげたまま床《ゆか》に寝《ね》かせる。

リウイが目を覚ましたのは、それからしばらくしてからであった。

「うおおっ！」

突如《とつじょ》として、叫《さけ》び声をあげたのだ。

「まだ、操られたまんまなのかな？」

ミレルが不安そうに覗きこむ。

「どういうことなんだ、これは？」

リウイは自由になる顔だけをミレルに向けて訊ねる。

だが、答えを聞くまでもなく、自らの身に起きたことを思いだした。

「そうか、オレはヤヅチに操られて……」

リウイの顔色から血の気が失せる。

「うん、あたしたちに襲いかかってきたんだよ」

ミレルがこくんとうなずく。

「記憶《きおく》ある？」

「いや、ほとんどないな。頭のなかの血が、沸《わ》きかえった感じだった。とにかく、女たちを殺さなければと思った……」

そこでリウイはハッとなり、身体を激《はげ》しく動かす。

「みんな、無事だよな？」

「大丈夫よ。カガリさんがね。リウイを止めてくれたの」

「そうか……」

リウイは心の底から安堵《あんど》を覚《おぼ》えた。

大きく息をつく。

「どうやら、正気にもどったみたいだな」

ジーニが、苦笑まじりにうなずく。

「先程は、御無礼をいたしました……」

カガリが床に三つ指をついて一礼したのち、リウイを拘束《こうそく》していた帯を解《と》きはじめた。

「いや、オレのほうこそ迷惑《めいわく》をかけた。仲間たちを傷つけずにすんで、本当によかった」

身体が自由になると、リウイはカガリに礼を言った。

カガリは微笑《びしょう》を浮《う》かべてうなずく。初めて見せる表情だった。

「なんか、あんたのほうが縄から解かれたような顔をしてるぜ？」

「いろいろと迷いが消えましたから……。御主人のおかげです」

リウイに指摘《してき》され、カガリは素直《すなお》に答えた。

「オレのおかげ？」

意識がないあいだに、彼女に何かをしたのかと不安を覚えるが、訊ねるのも恐ろしいので黙《だま》っておくことにした。

「とにかく面目《めんぼく》なかった……」

リウイは皆を見回すと、両手を膝においで、身体を折るように頭を下げた。

「無茶しすぎよ……」

アイラが顔をしかめる。

「今更《いまさら》、言うのもなんだけどね」

「だが、蛇神の恐ろしさが、おかげで身にしみたぜ。頭のなかに声が響いて、目を合わせた瞬間にはもう支配されていた。それで分かったことだが、ヤヅチは人間の女を憎《にく》んでいる。千年前、天照神シャナに敗れ、封印された屈辱《くつじょく》を忘れちゃいないんだ……」

リウイは膝《ひざ》に置いたままの拳をかたく握《にぎ》りしめる。

「もしもヤヅチが復活したら、大勢の女たちが生贄にされるだろう。いったい何人を喰《く》い殺せば満足するのかも分からない……」

リウイがそう吐《は》き捨《す》てるのを聞いて、

「滅《ほろ》ぼすしかありません」

と、カガリはきっぱりと言った。

「たとえ、敵わぬとも、わたしは一矢《いっし》を浴《あ》びせる覚悟です」

「立派《りっぱ》な覚悟だ。もっとも、男であるオレは戦いようがないんだよなぁ」

リウイは頭を抱《かか》えたい気分だった。

戦場に立つことさえできないのだ。

「どうしたものかな……」

女たちだけで戦うしかないという結論になる。だが、それは避けたい。

「人間が勝てる相手ではないのでしょ？　天照神シャナみたいな女神に近い人なら、話は違《ちが》うでしょうけど」

アイラが首を横に振る。

「ジェニおばさんなら、やっつけてくれるかもしれないなぁ」

リウイは思わず、遠くを見つめた。

「最高司祭様《さいこうしさいさま》になんてことを……」

　メリッサが顔色を変える。

「ジェニ様は、マイリー教団の至宝《しほう》ともいうべき御方《おかた》です」

「言ってみただけだって」

「冗談《じょうだん》でもやめてくださいませ。あなたが頼《たの》めば、本当に来てしまわれるかもしれません
から……」

　剣の姫《ひめ》ジェニは若い頃《ころ》、自らが最高の剣士であることを目指していた。相手が人間であ
れば、最強であったとも言われている。

　邪竜《じゃりゅう》クリシュと戦ったとき、オーファン王リジャールの真の強さを知り、それ以来、剣
を取ることはなくなったそうだ。

　だが、リウイのことは、本当の子供のように可愛《かわい》がっている。

　また、蛇神ヤヅチの話を聞けば、若かりし頃の血が騒《さわ》ぐかもしれない。

　最後に伝説となって、喜びの野に赴《おもむ》くぐらいのことはしそうな女性なのだ。

　しかし、ジェニ最高司祭には、教団のためにまだまだ生きてもらわなければならない。

「決して頼まないでくださいましね」

　メリッサは念を押すように言った。

「分かってるって」

リウイは苦笑した。

あまりに手詰まりなので、つい口にしただけなのだ。

「わたしが、偉大なる至高神を降臨《こうりん》させることができれば、あの蛇神を封じられるかもしれませんが……」

サベルが天を仰《あお》ぎながら言った。

「そんなことできるの？」

ミレルが目を丸くする。

「できません」

独特の口調で、答えは返ってきた。

「だったら、言うんじゃねぇよ」

ミレルは思わず、裏街言葉《スラング》を吐《は》きかけた。

「やっぱり、三神器にかけるしかないわよ。魔精霊《ませいれい》を滅《ほろ》ぼす剣を鍛えた付与魔術師《エンチャンター》なんだもの。蛇神を倒す魔力が秘《ひ》められているはず……」

アイラがきっぱりと言った。

「そうだよな。ただ、三神器は神宮の至宝。オレたちでは、調べることも許されていない。

余所者《よそもの》だから、信用されないのも当然だけどな……」

「わたしは、皆さんのことを信じています」

スセリがあわてて言った。

「それはありがたいが、カグラ衆一位のロウオウや二位のハンニャたちを説得《せっとく》するのは、そう簡単じゃない……」

「申し訳ありません……」

スセリは、うなだれる。

十位のブアクである彼女は、リウイたちの世話役ではあるが、同時に監視役《かんしやく》でもある。長く国を閉ざしていたイーストエンドだけに、他国の人間に対する不信感は根強い。

「あんたが謝《あやま》ることじゃないさ」

リウイはスセリに笑顔で言った。

「オレたちが、もっと信用されるように頑張るしかないんだ」

「何か、考えがあるの？」

リウイの表情を見て、ミレルが訊ねた。

「考えというほどのもんじゃない。神宮に信頼されるには、彼らにとっての当面の脅威《きょうい》を除《のぞ》くことだからな……」

「八分衆ね？」

ミレルが、納得《なっとく》したようにうなずく。

「オレはもう一度、ラカンに勝負を挑《いど》んでみる。あいつは、オレに負けるなんて思ってもいないだろうからな。きっと応《おう》じると思う」

リウイはそう言って、八分衆の娘を見つめた。

「そう思います……」

カガリからは肯定《こうてい》の答えがかえってきた。

「簡単《かんたん》に勝てる相手じゃないのは分かっている。だが、あいつを超《こ》えないと、その先には進めないからな」

「格好《かっこう》をつけてるけど、本当は喧嘩《けんか》に負けたのが悔《くや》しいんでしょ？」

アイラが意地《いじ》悪《わる》く言う。

「もちろんさ……」

リウイは即答《そくとう》した。

「あのときの借《か》りは絶対に返す」

目を鋭く細め、遠くを睨《にら》みつけるように窓を振り向く。

一瞬にして、空気が張りつめたような気がして、アイラはびくりとなる。

リウイは、彼女がまったく知らない顔になっていた。怪物《かいぶつ》と戦っているときにも、見せたことはない。

「とにかく、あいつが得意とする格闘術がどういうものか、もっと知らないことにはな」

リウイは普段どおりの表情で言った。

アイラはホッとした気持ちになる。

「わたしもカガリさんに、さっきみたいな戦い方、教えてもらおうかな。ある程度、身を守れないと、いざというとき、足手まといになってしまうし……」

「わたしでよければ……」

カガリは微笑を浮かべ、うなずいた。

「その代わり、皆さんが知っている武術を教えてください。きっとお互い学《まな》ぶところがあるはずです」

「わたしは、身体を使うことは全然ダメだけどね」

アイラは、肩《かた》をすくめる。

「でも、他の三人はいろいろ知っているわ」

「八分衆がやってくるまで、鍛《きた》え直すのもいいかもね」

ミレルは、大きくうなずく。

ヤヅチとは、リウイ抜きで戦わないといけないのだ。

3

都《みやこ》に滞在《たいざい》して、半月ほどが過《す》ぎていた。

リウイは格闘術の稽古《けいこ》に参加し、武人であるカブキ衆のあいだに人脈を広げてゆく努力も行った。

いずれにもそれなりの成果《せいか》はあった。格闘技のほうは、達人たちとも五分に戦えるほどには上達したし、カブキ衆の人々には顔を知られるようになった。

酒豪《しゅごう》であり、遊びも苦手ではないのが、こういうとき役に立つのだ。こういうことを見越《みこ》して、オーファンの歓楽街《かんらくがい》で遊びまわっていたわけではないのだが……

そして、ついに八分衆が兵を率《ひき》い、都へと進軍を開始したとの報告《ほうこく》がもたらされた。

それまでのあいだ、神宮と八分衆の双方《そうほう》は、イーストエンド全土の部族に味方となるよう使者を送っていた。

神宮に忠誠《ちゅうせい》を誓《ちか》う部族もあったし、八分衆に味方をすることに決めた部族もあった。

だが、多くの部族は中立の立場を取ったようだ。

神宮と八分衆の戦《いくさ》で、すべてが決する。それで、イーストエンドの未来は決まる。

決戦場はごく自然に、蛇神ヤヅチが封じられている〝舞台《ぶたい》〟となった。

八分衆は守護神ヤヅチを解放《かいほう》するというのが大義《たいぎ》であり、神宮はそれを阻止《そし》するのが絶対の使命である。

神代に行われた決戦が、千年の時を経て、ふたたび行われようとしているのだ。

千年前は八分衆が敗れ、神宮がイーストエンドを支配《しはい》した。

そのときヤヅチは封印されたばかりで、天照神シャナの名は全島に轟《とどろ》いていた。

だが、今回はまったく状況が違う。

シャナ教団は衰退《すいたい》し、蛇神ヤヅチ復活は確実《かくじつ》との噂が広まっている。

神宮の遠征軍《えんせいぐん》が八分衆総領《そうりょう》ラカン討伐《とうばつ》に失敗したこともあり、勢《いきお》いは八分衆側にあった。

「真の守護神ヤヅチを解放し、海賊どもを討《う》ち払《はら》うべし！」

ラカンの檄《げき》に応じて集まった諸部族の兵は、およそ一万。それに対し、神宮側に参じたのは、六千ほどである。

カブキ衆という武人集団もいるが、神宮の劣勢《れっせい》はあきらかだった。

そのなかで、リウイはなんとか許可《きょか》をもらい、水軍頭スイゲイこと、ソーマの部隊に加えてもらっていた。

ジーニ、メリッサ、ミレル、それにカガリの四人が同行している。そして近くの森には、ティカとクリシュも待機させてある。

アイラは都に残り、十位のブアクであるスセリを通じ、カグラ衆との交渉《こうしょう》を頼んでいる。

リウイが武功《ぶこう》を挙《あ》げたときには、三神器《さんじんぎ》の鑑定《かんてい》を許可《きょか》してくれるよう申し入れているのである。

今のところ、よい返事はもらっていないが、交渉は続いている。

うまくゆく見込みもあるようだ。

どうやら神宮には、たいした魔術師がいないらしい。魔術師ギルドのないこの国では、大陸へ留学《りゅうがく》し、魔術を勉強した者が数人いるだけなのだ。

それも、オランやラムリアースといった魔術のさかんな国への留学ではないため、初級の魔術を使える程度《ていど》でしかない。

魔術師としてはもはや限界《げんかい》を感じているものの、リウイのほうがはるかに高位の魔術が使える。アイラに至《いた》っては、彼らに魔術を教えた導師《どうし》より、能力は上だろう。

三神器は古代王国《こだいおうこく》時代に創《つく》られ、一度も使われていないものだけに、正しく使えるかどうか、神宮側でも確証《かくしょう》がなさそうなのだ。

魔術師としての能力もあり、魔法王の鍛冶師《かじし》ヴァンが鍛《きた》えた魔法の武具にも精通《せいつう》しているリウイたちが協力したほうが、うまくゆくに決まっている。

ただ、神宮は、三神器を持ち去られるのではないかと警戒《けいかい》している。

実際、そうしたほうが話は簡単《かんたん》だ。

瞬間移動《テレポート》の呪文《じゆもん》を使って、持ち逃げすればいいのである。

その後、神宮が滅び、蛇神ヤヅチがこの島を支配《しはい》することになれば――三神器がなければ、おそらくそうなるだろうが――後腐《あとくさ》れもなくなり、好都合《こうつごう》と言える。

すなわち、リウイたちと八分衆とは利害《りがい》が一致《いっち》しているともいえる。

両者が密約《みつやく》を結んでいる可能性《かのうせい》を、神宮は考えているに違いない。

だからこそ、リウイは八分衆との戦いで、神宮の信頼《しんらい》を勝ち得る必要がある。

人間どうしの戦いに参加するのは、あまり気が進まないが、他に方法はない。

ティカの得意の台詞《せりふ》ではないが、今回ばかりは派手に暴《あば》れるつもりだった。

そして、なんとかラカンとの一騎《いっき》打《う》ちに持ち込みたい。

できるだけ犠牲者《ぎせいしゃ》を出さず、この戦いを収《おさ》めるには、それがいちばんなのだ。

「うまくゆくといいけどな……」

隊列を整え、気勢をあげている八分衆の軍勢を見つめながら、リウイはつぶやいた。

やるべきことは決まっているが、実行するとなると、とてつもなく難《むずか》しい。

「リウイだもん、大丈夫だよ」

ミレルが笑顔で断言《だんげん》する。

根拠《こんきょ》はないが、絶対《ぜったい》の信頼である。だが、つぶらな瞳《ひとみ》で見つめられると、やれそうな気になるから不思議《ふしぎ》だ。

「偉大《いだい》なる戦神マイリーよ、我《わ》が勇者《ゆうしゃ》に加護《かご》を……」

メリッサが胸のまえで両手を組み、天を仰《あお》いで祈りを捧げる。

「わたしも、全力を尽《つ》くす」

大剣を担《かつ》ぐように持ったジーニが、うなずきかけてきた。

「鬼神《きしん》の活躍《かつやく》、お見せいただきます」

戦装束《いくさしょうぞく》に身を包《つつ》み、朱塗《しゅぬ》りの弓を手にしたカガリが、静《しず》かに一礼する。

「そこまで言われたら、やるしかないな」

リウイは表情をひきしめた。

「今回は、本気を出させてもらうぜ」

その言葉が耳に入ったらしく、

「期待しているぞ」

と、顔に派手《はで》な化粧《けしょう》を施《ほどこ》したソーマが声をかけてきた。

彼が率《ひき》いているのは、水軍衆《すいぐんしゅう》である。かぎりなく海賊に近いといえる。今日は陸の戦いだが、その勇猛《ゆうもう》さは変わるまい。

神宮の総大将《そうだいしょう》は、ザンキという名の近衛《このえ》大将であり、カグラ衆では二位のハンニャを筆《ひっ》頭《とう》に数人が同行している。

ハンニャは先刻、この隊にやってきて、リウイたちに挨拶《あいさつ》し、ソーマを激励《げきれい》した。

そのとき長いあいだ、ふたりが無言《むごん》で見つめあっていたのが印象的だった。

もっとも、片方は面をかけ、もう片方は隈取《くまど》りである。表情など読みとれるはずがない。

「オレたちは精鋭《せいえい》だからな。あわてて動くことはない」

リウイの側にやってきて、ソーマが言う。

「活躍の場がなくなるのは困《こま》るんだけどな」

リウイは苦笑する。

「敵のほうが数も多いし、勢いもある。普通《ふつう》に考えれば、これは負《ま》け戦だよ」

ソーマは平然と言った。

「敵のなかで最強の隊をつぶすのが、オレたちの仕事だ。そのなかに、かならずラカンはいるからな」

「なるほどな……」

たしかに、あの男なら、後方にひかえたりするまい。

先頭に立って、突き進んでくるに違いない。そして必ず前戦を突破《とっぱ》してくるだろう。

「それを迎《むか》え撃《う》てばいいってことだな？」

「そういうことだ。オレたちの出番がなくなることはない……」

ソーマは断言すると、地面に胡坐《あぐら》をかいて座った。

そして胴《どう》の部分がくびれている奇妙《きみよう》な形の水筒《すいとう》に口をつける。

穀物酒《こくもつしゅ》の香《かお》りが、あたりに漂った。

4

神宮と八分衆の両軍は、四半日のあいだ睨《にら》みあいをつづけた。

そして昼を過ぎた頃、八分衆の陣から打楽器の音が響き、貝笛《かいぶえ》が吹《ふ》き鳴《な》らされた。

開戦《かいせん》の合図《あいず》だった。

横一列に布陣《ふじん》していた八分衆は、中央の隊から突撃をはじめ、左右がそれに続いた。

神宮側は、〝舞台〟がある丘の頂《いただき》に本陣を敷き、麓には柵《さく》を巡らせ、防戦《ぼうせん》の構《かま》えである。

兵力の劣勢《れっせい》を守りに徹《てっ》することで埋《う》めようというのだろうが、敵を勢いづかせることになる。

はたして柵は数箇所で破《やぶ》られ、敵がなだれこんできた。

近衛大将ザンキは、そこに次々と隊を送りこみ、乱戦《らんせん》となった。

しばらく、一進一退《いっしんいったい》の攻防が続いたが、一箇所で味方が崩れた。

そして敵が本陣に向かって、斜面《しゃめん》を駆《か》けあがってくる。

そのとき、ザンキから伝令がやってきた。

「スイゲイ殿《どの》、出番にございます」

伝令は片膝《かたひざ》をつき、言上した。

「承《うけたまわ》った！」

水軍頭スイゲイことソーマは、大声をあげて立ち上がると、空になっていた水筒を地面に叩《たた》きつけた。

「いよいよか……」

リウイは拳《こぶし》を握《にぎ》りしめた。

今は鎧《よろい》ではなく、格闘技の稽古《けいこ》のときにつけていた胴着《どうぎ》に身を包《つつ》んでいる。それに古くから愛用している長剣と、魔法の発動体を帯にさす。

魔法戦士として戦うには、それで十分なのだ。

「わたしが、敵を突破する」

ジーニが大剣を両手で構《かま》えると、いきなり走りはじめる。

「わかった！」

リウイはうなずくと、赤毛の女戦士に続いた。

メリッサ、ミレル、カガリの三人がそれを追いかける。

「クリシュとティカは呼ばないの？」

ミレルが声をかけてきた。

「大弓を持った部隊が見えた。敵は、オレたちが参戦していることを知っているからな。今、呼びだしたら、狙《ねら》い撃《う》ちにされる。まずは形勢《けいせい》を逆転させることだ」

幼竜《ようりゅう》とはいえ火竜であるクリシュと竜人化して戦う竜司祭《ドラゴンプリースト》のティカは凶暴《きょうぼう》で破壊《はかい》力も抜群《ばつぐん》だが、とにかく目立つので標的《ひょうてき》にされる危険《きけん》もある。

「浮き足だった敵《てき》にとどめをさすために使うのね」

ミレルが理解《りかい》してうなずく。

ソーマの配下の水軍衆は奇声《きせい》を発しながら、戦場を走った。そして本陣に迫《せま》っていた敵の部隊の真っ只中《ただなか》へと突っ込んでゆく。

「トバリの部族の戦士たちに間違《まちが》いありません」

カガリがうなずきかけてくる。

「ソーマの読みどおりだな」

リウイはにやりとした。

そして、

「八分衆頭領ラカンはいるか!」

と、大声で叫びはじめる。

当然、敵の注意を引くことになる。

リウイの周囲に敵兵《てきへい》が群《むら》がりはじめた。

「邪魔《じゃま》だ!」

ジーニが身体を回転させながら、大剣を振るう。

旋風《せんぷう》のような巨大な刃《やいば》に怯《ひる》んだところへ、カガリが弓を連射《れんしゃ》した。

狙《ねら》いは正確で、敵兵の武器を持つ腕を射貫《いぬ》き、戦闘力《せんとうりょく》を奪《うば》ってゆく。

ふたりの攻撃から逃《のが》れ、近づいてきた敵は、ミレルの小剣とメリッサの戦鎚《せんつい》の洗礼《せんれい》を受けることになった。

リウイ自身も、長剣で数人を斬《き》り倒《たお》した。致命傷《ちめいしょう》にならないよう、腕や足の筋《すじ》を狙う。

ここまで神宮の軍勢を蹴散《けち》らしてきたトバリの部族の戦士たちであったが、わずか二十ほどの小部隊の突撃に混乱《こんらん》しはじめた。

「ラカンはどこだ!」

リウイは叫《さけ》びつづけた。

そして目指す男が、姿を現した。

「誰かと思えば……」

ラカンは太い綱《つな》を襷《たすき》にかけた姿だった。

手にしているのは棘《とげ》のついた太い金棒《こんぼう》で、鉄《くろがね》でできていたが、べっとりと血糊《ちのり》がつき、銅《あかがね》のように見えた。

「大陸へと逃《に》げ帰ったと思っておったわ！」

「あいにく、オレは執念深《しゅうねんぶか》いんでね……」

リウイは刃のように目を細めた。

「もう一度、勝負といこうぜ。このまえは油断《ゆだん》したが、今度はそうはゆかない」

そう言って、リウイは長剣を投げ捨《す》てた。

「素手でワシに勝てると思っているのか！　悪いことは言わん、武器を拾《ひろ》え！」

ラカンは身体を揺《ゆ》すって笑《わら》う。

「勝てるさ。吠《ほ》えている暇《ひま》があったら、さっさとかかってこい！」

リウイはそう言うと、挑発するように手招《てまね》きしてみせる。

「若造《わかぞう》が！　このまえは手加減《てかげん》してやったということ、思い知らせてやる」

言うなり、ラカンは地面に拳をついた。

一瞬で勝負を決めるつもりなのだ。

リウイも拳をかまえ、全神経《ぜんしんけい》を研《と》ぎ澄《す》ませる。

戦の喧噪《けんそう》のなかで、この場だけは沈黙《ちんもく》が支配した。

「どりゃあー！」

気合の声とともに、ラカンが右肩を前に体当たりしてきた。

リウイは真っ向から、それを受けた——ように見えた。

だが、その寸前《すんぜん》で体をずらし、ラカンの勢いを削《そ》いだ。そして半身《はんみ》に身体を合わせる。

「オレの体当たりをいなしただと？」

ラカンが驚きの声をあげた。

「おまえは自分こそが最強の格闘家だと思っていただろうが、それは並《なみ》はずれた体格《たいかく》のおかげってことさ。技だけなら、おまえに劣《おと》らない達人は何人でもいる」

「体格も天賦《てんぷ》の才《さい》よ！」

「そのとおりだ。そして体格なら、オレもそう負けてはいねぇ。おまえはそんな相手と戦ったことはないだろう？」

「素人《しろうと》が！」

ラカンは右手を伸ばし、リウイが腰に締《し》めた帯を摑《つか》もうと、右腕を差し込んでくる。

リウイはそれを左腕で捕《と》らえると、渾身《こんしん》の力を込めて絞《しぼ》りあげる。

「純粋《じゅんすい》な力比べじゃ、オレはおまえに勝つ」

「小賢《こざか》しいわ！」

ラカンは吠えると、頭突きをかましてくる。

リウイは相手の胸に頭をつけ、それをかわす。

そのまま、ふたりの動きは止まった。

だが、お互いに全身を使った力比べが続いている。

体重では負けているが、体勢はリウイのほうが十分であった。

「おまえは、いつも一瞬で、勝負を決めてきたのは、はたして、どれだけ息《いき》が保《も》つかな？」

拳の一発で勝負を決めてきただろう。リウイも同じである。

前回はその一瞬の勝負《じきゆうせん》で敗れた。

今回は最初から持久戦に持ち込むつもりでいた。

冒険者《ぼうけんしゃ》という稼業《かぎょう》は、力を持続的に発揮《はっき》することを求められる。ジーニとの稽古は、朝から夕方まで通して続けることも多い。

「むうっ」

ラカンの全身から汗《あせ》が噴《ふ》きだしてきた。

彼の動悸《どうき》が激《はげ》しくなっているのを、リウイは感じていた。

「敗北から学ぶところも多いと聞くが、実際、そのとおりだったぜ。その意味では、おまえに感謝しないとな。だから、今度はおまえが敗北から学ぶ番だ」

リウイは絞りあげていた左手に、さらに力を込めた。ラカンの右腕が、じょじょに伸《の》びてゆく。

そして、八分衆総領の全身から、力が抜けた。筋肉《きんにく》が痙攣《けいれん》を引き起こしているのを、リウイは感じ取った。

「これでもくらいやがれ！」

リウイはラカンを突き放すと、右の拳をかため、相手の鼻柱に突き入れた。

そして左の拳で顎《あご》をつきあげ、さらに連打を浴《あ》びせかける。

ラカンの巨体が、ぐらりと揺《ゆ》れた。

目が白く裏返《うらがえ》る。

リウイは拳を止めた。

そして次の瞬間、イーストエンド最強を自負した男は、顔から地面に倒《たお》れた。

「八分衆頭領ラカン、討《う》ち取《と》ったぞ！」

リウイは両手の拳を突き上げ、勝利の雄叫《おたけ》びを轟《とどろ》かせた。

「ラカンが、討ち取られたぞ!」

リウイの叫びは、人から人へと伝わり、戦場全体を駆《か》けめぐった。

そして、戦いの形勢は完全に逆転《ぎゃくてん》したのである――

第7章　天照神降臨《こうりん》

1

総領《そうりょう》ラカンが討《う》ち取《と》られ、八分衆《はちぶしゅう》をはじめとする諸部族の連合軍は総崩《そうくず》れとなり、それぞれの集落へ敗走していった。

神宮側は、あえてそれを追撃《ついげき》しない。

大打撃を与《あた》えては、遺恨《いこん》を抱《いだ》かせる。彼らもイーストエンドの住人なのだ。反抗《はんこう》をやめさせるのが目的であり、滅《ほろ》ぼす必要はない。

そして軍勢《ぐんぜい》は、都へと引き揚《あ》げた。

「交易商《こうえきしょう》ルーイは、まさに鬼神《きしん》のごとき活躍《かつやく》でした……」

カブキ衆水軍頭《しゅうすいぐんがしら》のスイゲイが、カグラ衆を前にして、そう言上した。

「その武勲《ぶくん》は比類《ひるい》がありません」

「異国の者の助けなど不要であったが、そなたがそこまで言うのなら、その戦功は認《みと》めるしかあるまいな」

カグラ衆第二位のハンニャが、不機嫌《ふきげん》に言う。

「それで、異国の交易商は、なにを恩賞《おんしょう》に望んでおるのじゃ？」

老女の面をつけたカグラ衆第一位であるロウオウが穏《おだ》やかに訊《たず》ねた。

「三神器《さんじんぎ》の拝観《はいかん》を、彼は望んでおります」

スイゲイは即答《そくとう》した。

「異人《いじん》ごときが、我《われ》らが至宝《しほう》を覗《のぞ》き見したいとはな……」

末席に座《すわ》る十位のブアクが、ぶつぶつとつぶやく。だが、その声の調子は、どことなく明るい。

二位のハンニャがその鬼女《きじょ》の面を向けると、あわててブアクは顔を伏《ふ》せた。

「皆《みな》に異論《いろん》がなければ、三神器を異人に見せようと思う」

ロウオウが、一同を見渡す。

しばらく待ったが、誰もが無言のままであった。

「決《けつ》したな……」

ロウオウは静かに宣言《せんげん》した。

「許《ゆる》しがでました！」

カグラ衆十位のブアクことスセリが、一室で待機していたリウイたちのもとに来るなり、興奮《こうふん》ぎみに言った。

「ブアク様、面をかけたままでございますよ」

八分衆ホムラの部族のカガリが微笑《ほほえ》みながら指摘《してき》をする。

「あっ……」

スセリはあわてて面をはずした。

「これでやっと三神器にお目にかかれるな」

リウイは安堵《あんど》の表情を浮《う》かべた。

「ずいぶん遠回りしたけどね」

アイラが肩をすくめる。

「……ただ、見るだけでは困《こま》るぞ」

そう声がして、カブキ衆水軍頭のスイゲイことソーマが、カグラ衆第二位のハンニャを伴《ともな》ってやってきた。

リウイたちは姿勢《しせい》を正し、一礼する。

二位のハンニャはいつも高圧《こうあつ》的な物言いをする。鬼女の面をつけていることもあり、その迫力《はくりょく》は相当なものだ。

しかしハンニャは無言のまま廊下《ろうか》で正座《せいざ》すると、面を外してから、深々とお辞儀《じぎ》をした。

「あらためまして、クオンと申します」

そしてハンニャである女性は言った。

年齢《ねんれい》は三十ほど。切れ長の目をした知性的な印象《いんしょう》である。

「そして面をはずしているときは、実はオレの妻女《さいじょ》だ」

ソーマがさらりと言った。

「そう言えば、戦場で会ったとき、ずいぶん長く見つめあっていたな……」

それでかと、リウイは思い出す。

「今生《こんじょう》の別れになるかと覚悟《かくご》していましたので……」

ハンニャことクオンは、わずかに顔を赤らめた。

「オレはこの戦《いくさ》、勝てると思っていたよ。ルーイに格闘術《かくとうじゅつ》を教えた男たちから逐一《ちくいち》、報告を聞いていたからな」

ソーマはそう言うと、妻である女性を促《うなが》し、部屋に入ってきた。

「隈取《くまど》りをつけたままで申し訳《わけ》ないが、ここはざっくばらんに話そう……」

「三神器のことなら、オレたちもただ見るだけのつもりはないぜ」

それを使って、蛇神《じゃしん》ヤヅチを倒さなければ意味はないのだ。

「調べさえすれば、どう使えばいいかも分かると思うしな」

リウイはソーマに言うと、アイラに視線を向ける。

アイラは静かにうなずきかえした。

魔法《まほう》の宝物《ほうもつ》の鑑定《かんてい》は、彼女の専攻《せんこう》でもあり、趣味《しゅみ》でもある。〈魔力鑑定《アナライズ・エンチャントメント》〉の呪文《じゅもん》はもちろん使えるし、知識魔神《ナレッジデーモン》シャザーラという最終手段もある。

「そのことだが、我《わ》が神宮《じんぐう》にも三神器について記した古代の巻物《まきもの》が伝わっている」

ソーマはそう言うと、懐《ふところ》から一巻《かん》の巻物を取りだした。

「これが、そうだ……」

「拝見《はいけん》させてもらおう」

リウイは巻物を受け取ると、板敷《いたじ》きにそれを広げていった。

下位古代語《ロー・エンシエント》で記された文面を端《はし》から読んでゆく。

アイラとメリッサが興味津々《しんしん》というように脇《わき》から覗きこんだ。

ミレルとジーニは下位古代語《ロー・エンシエント》は読めないので一瞥《いちべつ》しただけで、すぐに顔をあげる。

「……最高の魔法戦士《ルーンソルジャー》に宝剣ミスバスターを使わしめよ？」

ざっと一読したあと、リウイはアイラと顔を見合わせた。

推測《すいそく》していたとおり、やはり三神器の銘《めい》は〝ミスバスター〟だった。神話を終焉《しゅうえん》させるための剣である。神話の時代から生きる魔物を滅ぼすために鍛《きた》えられたのだから、まさにその銘のとおりだ。

「やはり魔術師としての素養《そよう》がないと、三神器は使えないということかしら？」

アイラが不安そうに言った。

「女性であり、魔術師の素養がある者。つまりアイラが、蛇神ヤヅチと戦うしかないということですか？」

メリッサが顔色を変えて、アイラを見つめる。

「よりにもよって、わたし？」

アイラがへたへたと床《ゆか》に両手をついた。

「魔術師だけど魔法戦士じゃないわよ」

「まして最高の魔法戦士とあるものな……」

リウイは呻《うめ》くように言う。

「古代王国時代には、我が国にも魔法戦士は大勢《おおぜい》いたらしい。付与魔術師《エンチャンター》一門は、同盟《どうめい》している蛮族《ばんぞく》に積極《せっきょく》的に魔術を教えていたからな」

ソーマがため息まじりに言った。

「何のために？」

以前から思っていた疑問《ぎもん》を、ぶつけてみる。

「正確なところは知らないが、魔法王国も一枚岩ではなかったということだよ。各系統《けいとう》魔術の一門ごとに権力闘争《とうそう》をしていたのだ。ときには、戦も交《まじ》えていたらしい。魔法の武具《ぶぐ》を操《あやつ》る蛮族の魔法戦士は、付与魔術師の一門にとって、最大の戦力だったそうだ。神宮に伝わる歴史書からの推測でしかないがね」

「魔法の武具のほとんどは、ただ強化の魔力が与えられているだけだが、強力なものだと特殊な魔力を発動させるために、魔法の素養を必要とするものもあるからな……」

三神器が、まさにその例である。

魔術師としての素質はそれほど要求されていないはずだ。大事なのは、戦士としての能力だろう。

「巻物のおかげで使い方は分かったが、実際に試《ため》してみないことにはな」

リウイはソーマに言った。

「では、本殿《ほんでん》のほうに来てもらおう」

ソーマはうなずくと、立ち上がった。

スセリとクオンもふたたび面をつけ、カグラ衆にもどる。

リウイたちも立ち上がり、ソーマたちのあとに続き、部屋をあとにした。

2

神宮本殿の最奥《さいおう》の広間に、リウイたちは案内された。

そこには神宮を統率《とうそつ》する皇女の御座《ござ》があり、背後《はいご》に神棚《かみだな》が設《もう》けられている。

剣《けん》、鏡《かがみ》、勾玉《まがたま》の三神器は、そこに奉納《ほうのう》されていた。

リウイたちは広間の末席に座り、三神器が運ばれてくるのを待つ。

カグラ衆十人とカブキ衆の高位の者たちが皆、広間に集《つど》っていた。

どこからか荘厳《そうごん》な雰囲気《ふんいき》の音楽が流れてくる。そして、三神器を神棚からおろすための神事が行われている。

奉納されてから五百年あまり。三神器は、はじめてその目的のために使用されるのだ。

長い神事が終わり、リウイたちの目の前にそれは運ばれてきた。

「これが三神器か……」

リウイは思わず息を呑んだ。

剣は、イーストエンドでよく使われる直刀である。

鏡は磨《みが》きぬかれた真銀《ミスリル》で、盾《たて》としても使えるように取っ手がついていた。

そして八連《はちれん》の勾玉は首に飾《かざ》れるように飾り紐《ひも》で結ばれていた。

先ほど読んだ巻物によれば、勾玉は剣の柄《つか》にはめて使うとある。それぞれがヤヅチの八本の首に対応しているらしい。

すなわち、ヤヅチを完全に滅ぼすには、勾玉をいちいち付け替《か》えてゆかねばならないということだ。

言葉では簡単《かんたん》だが、実行するのは、どう考えても大変である。そのあいだ、ヤヅチと戦いつづけねばならないのだから。

最高の魔法戦士が必要だというのもうなずける。

とてもではないが、アイラにまかせるわけにはゆかない。

(古代王国時代には、女の魔法戦士もいたのかな?)

リウイは疑問に思う。

そうでないと、ヴァンが鍛《きた》えた魔法の剣は意味をなさないのだ。

アイラは三神器に向かって丁寧《ていねい》にお辞儀をしてから、それぞれを鑑定《かんてい》していった。

リウイも、それを手伝う。

直刀は小振りで、巨大な蛇神と戦うには、多少、心許《こころもと》ない気がした。柄の端《はし》には勾玉をはめこむための窪《くぼ》みがついている。

八つの勾玉にはおそらく巨大な魔力が蓄《たくわ》えられているのだろう。それぞれが赤や青、黄色といった鮮《あざ》やかな光を放っていた。

そして鏡だ。巻物には〝転換の盾鏡《イクスチエンジヤー》〟という名だと記されていた。

その名のとおり、魔力を発動させると何かを〝転換〟させるようだ。ただ何を転換させるかは書かれていない。

「神話を終焉《しゅうえん》せし宝剣ミスバスターか……」

ひととおりの鑑定を終《お》え、リウイはつぶやいた。

「とにかく、盾の魔力を発動させてみないとね」

アイラが提案《ていあん》した。

「そうだな……」

何が起こるのか、確かめないことには話にならない。

アイラは巻物に書かれてあったとおり、盾鏡に自らの顔を映《うつ》し、魔力を発動させるための合言葉を唱《とな》えた。

しかし——

「何も起こらないな……」

しばらく待ったが、まるで変化はなかった。

「おかしいわね。魔力は感じたんだけど……」

「オレも試《ため》していいかな？」

アイラはうなずき、リウイと交代した。

そしてリウイもアイラと同様に鏡に自らの姿を映し、魔力を発動させてみる。

その瞬間であった。

リウイは強力な魔力を感じた。

全身がまばゆい光に包まれる。

（な、なんだ？）

リウイは当惑《とうわく》した。

全身が熱をもったような不思議な感覚に襲《おそ》われる。

そして光は唐突《とうとつ》に消えた。

「リウイ！」

仲間たちが悲鳴をあげる。

「おおっ⁉」

リウイも驚愕《きょうがく》の声をもらしていた。

鏡に映っているのは、自分の顔ではなかったからである。

二十歳《はたち》ぐらいの若《わか》い女の顔だった。

気がつけば、身体《からだ》も縮《ちぢ》んでいる。服がだぶついている。ただ胸《むね》のあたりだけはしっかりと膨《ふく》らんでいた。

「転換されたのは、オレ自身ってことか？」

リウイはがっくりとうなだれる。

声も、若い女のそれに変わっていた。

リウイたちを見守っていたカグラ衆、カブキ衆から動揺《どうよう》の声がもれていた。

「天照神《てんしょうしん》シャナ……」

「シャナだって？」

リウイは首をかしげた。

「はい、今の御主人の姿は、天照神シャナの肖像《しょうぞう》にそっくりなのです」

カガリが声を震《ふる》わせながら指摘《してき》した。

「そうなのか……」

リウイは自らの姿をもう一度、確かめるが、天照神の肖像を見たことはない。

「まさか、この鏡が男を女にするものだったとはな。だが、これなら、女の魔法戦士でなくてもヤヅチと戦えるわけだ」

蛇神《じゃしん》には、男を支配する魔力があるのだ。

「つまり、わたしが蛇神と戦わなくって済《す》むということよね？」

アイラはあからさまに安堵《あんど》の息をつく。

「そういうことだな」

リウイは笑いかけた。

「小振《こぶ》りの直刀も、盾も、この身体だと操《あやつ》りやすそうだ」

それにしても、わざわざ天照神の姿に変身させるあたり、さすがヴァンが鍛えた魔法の宝物である。巨人像のような魔法生物《コンストラクト》を創造《そうぞう》したほうが、簡単のように思うのだが。

「あとは、この身体と三神器に慣《な》れることだろうな」

「わたしが相手をしようか？」

ジーニが申し出た。

「お願いできるかな？　それと、この身体に合う服を用意して欲《ほ》しいんだが……」

「わたしより、すこし背が低いようですね。スセリの……十位のブアク様の服なら、ちょうど合いそうです」

カガリがリウイの背丈《せたけ》を確かめてから言った。

「すぐに用意しよう」

ブアクがそう言って、立ち上がる。

「三神器の魔力も分かったことだし、これでいつでも蛇神ヤヅチと戦えるわけだが……」

リウイはカグラ衆第一位のロウオウを振り返った。

「御許可《ごきょか》をいただけますでしょうか？」

「こちらからも、お願いします。蛇神ヤヅチを倒さぬかぎり、八分衆をはじめとする諸部族はこれからも反抗《はんこう》をつづけるでしょう」

「これで心置きなく戦えるな」

リウイは笑顔を浮かべ、仲間たちに向き直った。

「それはいいけど……」

ミレルが複雑《ふくざつ》な表情で言う。

「どうかしたか？」

「あたしより胸が大きいのが悔《くや》しい……」

ミレルは恨《うら》めしそうに、リウイの胸の膨《ふく》らみを見つめる。

「そんなこと言われてもな……」

望んでこの姿になったわけではない。

「しかし天照神シャナそっくりのこの姿、利用できると思うぜ。蛇神ヤヅチを滅ぼすため、シャナがふたたび降臨《こうりん》したという噂《うわさ》を広げれば、八分衆も震えあがるんじゃないかな？」

ヴァンのことだ。そこまでを考えて、〝転換の盾鏡〟を作ったのかもしれない。

「そう思う」

ミレルがうなずいた。

情報操作《そうさ》は、盗賊《とうぞく》である彼女の得意とするところである。

「試してみるかな……」

リウイはニヤリとして言う。

「試すって？　どうやって？」

ミレルが訊ねた。

「捕虜《ほりょ》になっているラカンに会ってみるのさ。どういう反応《はんのう》をするか楽しみだとは思わないか？」

3

八分衆の総領《そうりょう》ラカンは、リウイとの一騎打《いっきう》ちに敗《やぶ》れ、昏倒《こんとう》しているところを捕《と》らえられ、今は神宮内にある牢屋《ろうや》に繋《つな》がれていた。

リウイは十位のブアクからカグラ衆の装束《しょうぞく》を借《か》り、三神器で武装《ぶそう》し、牢屋へとやってきた。

ブアクとカガリのふたりだけが、彼に同行している。

「汝《なんじ》が、ラカンなるか？」

鬼《おに》のような形相で板敷きに胡坐《あぐら》をかいているラカンに、天照神シャナの姿をしたリウイは、牢屋の外から声をかけた。

あえて仰々《ぎょうぎょう》しい口調を使ってみる。

「貴様《きさま》は、誰だ？」

ラカンが睨《にら》みつけてきた。

「分からぬか？」

「カグラ衆の誰かではないのか？　面をはずしただけで……」

ラカンはそう言いつつも、じっとシャナの姿を見つめる。

そして突然《とつぜん》、顔色を変えた。

「ま、まさか？」

うわずった声をもらす。

「我《われ》は天照神シャナなり。三神器の霊力により、天より降《くだ》ってまいった……」

「ありえぬ……」

ラカンは驚愕《きょうがく》の表情で、何度も首を横に振った。

「我は、これより汝が奉《ほう》じる蛇神を滅《めっ》する」

「できるものか……」

ラカンは言ったが、その声に力はない。

天照神シャナはかつて、蛇神ヤヅチを封印《ふういん》したのだ。もしも目の前にいるのが、本物のシャナなら、蛇神はふたたび封印されるかもしれぬ。

「おまえが本物であるはずがない。天照神の降臨《こうりん》を偽り、神宮の威信《いしん》を回復しようというのであろう？」

「たしかに我が偽者《にせもの》なれば、蛇神を滅することかなわぬだろう……」

リウイはそう答えると、ゆっくりと目を閉《と》じた。

「なれど、もしも、我が蛇神を滅したるときは？」

かっと目を開いて、ラカンを睨みつける。

「そ、そのときは、おまえを本物と認《みと》め、我ら八分衆は天照神にふたたび仕えよう……」

「その言葉、しかと聞いたぞ」

リウイはそう言い残すと、悠然《ゆうぜん》とその場から立ち去った。

「御主人は、ラカン様をおからかいになったわけではありませんよね？」

廊下《ろうか》を歩きながら、カガリが問いかけてきた。

「それもなくはないけどな……」

リウイは苦笑をもらす。

「ラカンは、口にした言葉は守る男だ。もしもヤヅチを倒すことができたら、オレはあいつの罪《つみ》を許すよう願いでるつもりだ。イーストエンドをひとつにまとめるには、彼の力は必要だし、あれほどの男、殺すには惜《お》しいからな」

「御主人……」

カガリは感じ入ったように、声を詰《つ》まらせた。

「御主人がお許しいただければですが、わたし、ラカン様に嫁《とつ》ごうかと思います」

「許すも許さないも、もともとラカンのことが好きなんだろう？　鬼神《きしん》の生贄《いけにえ》なんて、ただの表向きだ。本当の事情は、オレから話しておくさ」

「それには及びません」

カガリはきっぱりと断った。

「どうしてだ？」

リウイは驚いて訊ねかえす。

「ラカン様のもとに嫁ぐのなら、後添《のちぞ》えです。たとえ御主人とのあいだに何があっても、釈明《しゃくめい》する必要はありませんから」

「よく分からないが、カガリがそれでいいというなら……」

リウイは困惑《こんわく》しつつも答えた。

「かまいません」

カガリは笑顔でうなずく。

「鬼神様の命令で、ラカン様のもとに嫁ぐということにしたいのです。八分衆総領ラカンが、この国のため力を尽くされるよう、わたしは妻女として陰ながら支えるつもりです」

「尻《しり》に敷《し》くという言葉が、この国にはあるのだ」

面をかけたままなので、スセリが十位のブアクの口調で言った。

「意味は、なんとなくだが分かるな」

リウイは苦笑する。

「もっとも、すべてはヤヅチを倒せたらだ。負ければ、この国は神代の昔にもどり、女たちはいつ生贄《いけにえ》にされるかと怯《おび》えて暮《く》らすことになる」

「御主人なら、きっと勝てます」

カガリは真顔で言った。

「そして命に代えてでも、わたしがお守りいたします……」

「蛇神の生贄になるのも、また一興《いっきょう》なれど」

スセリがぼそりと言う。彼女も、ヤヅチとの戦いの場に同行するつもりなのだ。

そして思いだしたように、彼女は面をはずした。

「リウイ様……」

「なんだ？」

リウイはスセリを振り返った。

「あなたのその姿を見て、わたしは確信いたしました」

「確信？　いったい何をだ？」

「天照神シャナが、女神の生まれ変わりではなく、ただの人間であったということです……」

スセリは静かに言った。

だが、それはとてつもない発言だった。

神宮は天照神シャナを奉じる教団《きようだん》である。そして彼女はその神官集団であるカグラ衆なのだ。

彼女の言葉は、究極《きゆうきよく》の自己否定《じこひてい》である。

「どうして、そう思ったんだ？」

リウイは訊ねてみる。

「サベル様に、至高神《しこうしん》ファリスの教えを受けたからです。わたし、実は、ファリス神の御《み》声《こえ》が聞こえるようになりました」

スセリはこともなげに言ったが、それも驚愕の事実である。

「ファリスに改宗したってことか？」

伝道師《でんどうし》サベルの説教を熱心に聴《き》いていたので心配していたのだが……

「それも、すこし違います。天照神の教えを捨《す》てたわけではありませんから……」

「どういうことなの？」

カガリが我慢《がまん》できないというように、スセリに問いただした。

「天照神とされるシャナ様は、ファリスの神官だったということです。おそらく、布教のため、イーストエンドに渡ってこられたのでしょう。そして蛇神ヤヅチに支配されているこの地の人々を哀《あわ》れに思い、仲間を集め、戦いを挑《いど》んだ。おそらく最初から、ファリスの降臨《こうりん》を願い、蛇神を封《ふう》じるつもりであられたのでしょう」

「それは、本当のことなの？」

「間違いないと思っています。わたしたち天照神の神宮は聖女シャナを通じ、至高神ファリスを信仰していたのです。当時の人々が、シャナ様を信じる心がとても強かったので、それが可能だったのでしょう。そして聖女の魂《たましい》は、至高神の御許《みもと》にありましたから……」

「シャナは、ファリスの従属神だったということだな」

リウイがぽつりと言った。

「しかし、それが真実だとしたら、神宮はどうなるのでしょう？　天照神の教えで、この国をまとめてきたというのに……」

普段《ふだん》は気丈《きじょう》なカガリだが、その顔から血の気が失《う》せている。

「それは、オレが決めることじゃないな。だけど、スセリは神宮を、そしてこの国を変えるつもりなんだろう？」

「そのつもりです」

決意の表情で、十位のブアクである娘は言った。

「天照神の教えと至高神の教えは同じなのですから、時間をかけさえすれば、正しい信仰が広まってゆくはずです。サベル様もおられることですし……」

「まあ、あの男なら、止めようとしても布教をやめたりしないだろうな」

リウイは苦笑をもらす。

いろいろと問題の多い男だが、その信仰の強さだけは本物だ。

「千年続いた体制《たいせい》だが、変わるべきときがきたというわけか……」

「はい、変えなければなりません」

リウイの言葉に、スセリが力強くうなずいた。

「どう変えるかも、決めているようだな？」

「決めています」

スセリはきっぱりと答えた。

「そのために、天照神のお姿をされているリウイ様にお願いがあります」

「なんなりと言ってくれ。オレは今、気分は女神だからな。なんでも叶えるぜ」

「後ほど、ゆっくりと……」

スセリは微笑みつつ、一礼をする。

カガリだけでなく、この娘も変わったな、とリウイはつくづく思った。

そのときである。

「リウイ！」

そう呼びかけながら、ミレルが息せききって走ってきた。

「どうした？　何かあったのか？」

リウイは真顔になって訊ねる。

「大変なのよ。魔物《まもの》がたくさん、都に押し寄《よ》せてきたの。きっと蛇神ヤヅチが召喚《しょうかん》したんだわ。完全復活《ふっかつ》もいよいよ間近かもしれない」

ミレルは息を整えながら答えた。

「それは好都合《こうつごう》ってもんだ。この身体《からだ》と三神器《さんじんぎ》を実戦で慣《な》らすことができる」

リウイはそう言うと、ばきばきと指を鳴らした。

「そう言うと思った」

ミレルが笑顔でうなずく。

「このまま、出るぞ。天照神降臨の噂を広めるいい機会だしな」

言うなり、リウイは駆《か》けだした。

4

ミマの都は混乱の極《きわ》みであった。

四方から魔物が押し寄せ、手当たりしだいに人々を襲いはじめたのである。

人々は逃げ惑《まど》い、自然、神宮を目指す。

神宮は、都に駐留《ちゆうりゆう》している全軍に魔物の鎮圧《ちんあつ》を命《めい》じた。

そんな騒然《そうぜん》としたなかに、リウイはシャナの姿のまま討《う》ってでた。

無論、三神器で身をかためている。

その姿は当然、都の人々に目撃《もくげき》された。

「天照神シャナ様?」

まさかとは思いつつ、人々はそう口にする。

「これで勝手に噂が広まるね」

その様子を見て、ミレルが笑顔になる。

こういう異常《いじよう》な状況《じようきよう》のときこそ、人は奇跡《きせき》にすがりたくなるものだ。

「ところで、どう？　その身体は？」

「やっぱり、なじまないな。当たり前だが、自分の身体じゃないみたいだ……」

リウイは苦笑《くしよう》まじりに答えた。

普段《ふだん》とは歩幅《ほはば》も違《ちが》うし、身体もやけに軽い。全力で走ると、空に飛びあがってしまいそうな心許《こころもと》なさがある。

「無理はしないでね。すぐにジーニたちもやってくるから」

「そういうわけにもゆかないようだぜ」

リウイは人々の視線が自分に集まっているのを感じていた。

なかにはひざまづき、一心に祈《いの》っている者さえいる。

魔物を前にして、何もしないわけにはゆきそうにない。もとより、リウイにそのつもりはないのだが……

そして、リウイは魔物を一体、見つけた。

皮膜《ひまく》のついた一対の翼《つばさ》をはやした巨大《きょだい》な蛇《へび》の怪物《かいぶつ》である。

賢者《けんじゃ》としての知識《ちしき》は、ワームの一種だと告げていたが、あるいはヤヅチの眷属《けんぞく》なのかもしれない。

「手頃な相手だぜ」

リウイは宝剣ミスバスターを鞘《さや》から引き抜《ぬ》いた。

金色の刃《やいば》が、太陽の光を受けて燦然《さんぜん》と輝《かがや》く。しかし、あまりにも軽く、剣を握っているという実感がない。

盾《たて》を持って戦うこともほとんどない。稽古《けいこ》のとき、何度か試《ため》したぐらいだ。

そして首から下げている勾玉《まがたま》も、思いのほか身体の動きを邪魔《じゃま》する。

それでもやるしかない。

リウイは集中し、空中を滑《すべ》るように飛んでくるワームを迎《むか》え撃《う》った。

巨大な口を開き、小柄《こがら》なシャナの身体を一呑《ひとの》みにしようとする。

リウイは身を翻《ひるがえ》し、それをかわしざま、宝剣で斬《き》りつけた。

（浅いな……）

彼自身はそう思ったが、ミスバスターの刃《やいば》は、硬《かた》い鱗《うろこ》を紙のように切り裂《さ》いていた。

ワームは苦悶《くもん》にのたうち、地面へと落ちる。

「人間め！」

そして下位古代語《ロー・エンシエント》を発した。

ワームの知能《ちのう》は高く、人語を話すのだ。だが、魔法を使うほどではない。

「大人しく棲処《すみか》に帰るんだな」

リウイはワームに呼びかけた。

危険な魔物ではあるが、基本的には人里離れた場所に棲息《せいそく》していて、縄張《なわば》りを侵《おか》さないかぎり襲ってくることはない。

「あの御方《おかた》には、逆《さか》らえぬ！」

ワームは身を震わし、リウイへ地面をうねりながら這《は》い寄ってくる。

「そういうことなら、こちらも容赦《ようしゃ》はしないぜ！」

リウイは両手を広げ、受けて立つ。

相手は大木ほどの太さがある。

だが、宝剣の切れ味は、すでに確かめた。

ワームはリウイを絡《から》めとろうと、胴体《どうたい》を巻きつかせてきた。

もしも締《し》めつけられたら、この細い身体は一瞬《いっしゅん》で全身の骨が砕《くだ》けよう。

リウイは棒切《ぼうき》れでも振るうように、魔物の胴体に宝剣の刃で斬りつけた。

手応《てごた》えはほとんどない。

だが、魔物の胴はずたずたになっていた。大きく口を開き、威嚇《いかく》をしてくるが、もはや身動きひとつできなかった。

「恐ろしい剣だぜ……」

リウイは、黄金色の刃を見つめ、思わずつぶやいた。

わずかな曇《くも》りさえ、ついていない。

「お見事です」

カガリが声をかけてきた。

「心配したけど、ぜんぜん大丈夫だったね」

ミレルが笑顔で言う。

ちょうどそのとき、ジーニとメリッサ、そしてアイラの三人がやってきた。

「もう、倒したのか？」

瀕死《ひんし》の状態《じょうたい》の魔物を見て、ジーニがぼそりと言った。

「これ、ワームでしょ？　ひとりでやっつけたの？」

アイラが唖然《あぜん》となる。

「剣の魔力のおかげだ。まだまだ扱《あつか》い慣れていないが、威力《いりょく》はご覧《らん》のとおりさ。ヤヅチの鱗《うろこ》でも、問題なく切り裂くだろう」

リウイは宝剣を頭上にかざしてみた。

近くにいた都の人々が、地面に平伏《へいふく》するのが、視界の端《はし》に見えた。

魔物を一瞬で倒したのを見て、天照神シャナに間違《まちが》いないとの確信を抱《いだ》いたのかもしれない。

「魔物はまだまだいるようですが、どうなされます？」

メリッサが訊ねてきた。

「無論《むろん》、続けるさ。ヤヅチの強さは、ワームなんかとは比べ物にもならないはずだ。もっともっと慣れておかないとな」

リウイは即答《そくとう》した。

そしてリウイたちは都を駆けまわり、魔物を見つけては斬《き》り倒していった。

その姿は、何人もの都の人々に目撃《もくげき》され、天照神が降臨《こうりん》したとの噂となって広まってゆく。

リウイが意図したとおりだった。

そして、夕闇《ゆうやみ》が迫《せま》る頃《ころ》、魔物はあらかた掃討《そうとう》され、リウイたちは神宮へと引き揚《あ》げたのである——

「もはや一刻の猶予《ゆうよ》もないようですね……」

カグラ衆一位のロウオウが、一同を見渡していった。

神宮本殿《ほんでん》の広間である。

カグラ衆の全員とカブキ衆の高位の者たちが集まっていた。

「都では、蛇神ヤヅチ復活と天照神シャナ降臨の噂が流布《るふ》しております」

カブキ衆のひとりが言上《ごんじょう》した。

「ルーイ殿《どの》の準備《じゅんび》は、いかがでしょう？」

ロウオウがリウイを見つめる。

彼はまだシャナの姿のままだった。解除《かいじょ》しないかぎり、効果《こうか》は永遠《えいえん》に続くようだ。

あまり気持ちいいものではないが、ヤヅチを倒すまでは、この姿のままでいようとリウイは心に決めている。

「いつでも大丈夫です」

リウイは、うなずいた。

「それでは、明後日《みょうごにち》、〝舞台《ぶたい》〟へ軍を派遣《はけん》することにいたしましょう……」

ロウオウは静かに宣言《せんげん》した。

「無論、舞台のなかに入るのは、女性のみです。カグラ衆も全員、戦《いくさ》の支度《したく》を」

「もとより、その覚悟《かくご》です」

二位のハンニャが力強く答えた。

十位のブアクも、無言のままうなずいた。

「いよいよだな」

リウイは身が引き締まる思いだった。

遥《はる》か千年前に行われた戦いが、ふたたび繰《く》り返されようとしている。

今度こそ、蛇神ヤヅチを滅ぼし、神代《じんだい》に完全な終止符《しゅうしふ》を打たねばならないのだ。

第8章　神代の終焉《しゅうえん》

1

蛇神《じゃしん》ヤヅチ討伐《とうばつ》の軍勢《ぐんぜい》が、都の大路《おおじ》を行軍している。

先頭には、輿《こし》に担《かつ》がれたリウイがいる。

だが、その姿《すがた》は、彼本来のものではない。若《わか》い女性であった。

肖像画《しょうぞうが》に描《えが》かれる天照神シャナに酷似《こくじ》しているらしい。

その姿を見ると、大路の左右に並ぶミマの都の住人たちは両手を合わせ、一心に祈《いの》りを捧《ささ》げてゆく。

輿の周りは、ジーニ、メリッサ、ミレル、アイラ、ティカ、そしてカガリが取り巻き、完全武装をしたカグラ衆がそれに続く。

従軍している兵士たちも、全員が女性だった。蛇神ヤヅチにはその視線に男を支配する魔力《まりょく》があるからだ。

神宮の戦闘集団《せんとうしゅうだん》であるカブキ衆は、都の警護《けいご》に残る。

ヤヅチに召喚《しょうかん》された魔物どもが、いつまた襲撃《しゅうげき》してくるかしれないからだ。

「どうして、クリシュは連れてゆかないの？」

ティカが不審《ふしん》そうに訊ねる。

「蛇神は、ワームを操《あやつ》っていたからな。竜族を連れてゆくのは、なんとなく危険《きけん》な気がするんだ」

「それじゃあ、わたしも竜人《りゅうじん》に変化しないほうがいいの？」

「そのほうが無難だろうよ」

リウイは苦笑を返す。

「久《ひさ》しぶりに暴《あば》れようと思っていたのに」

不満そうにティカは言った。

「ホント、竜に近づいてるね」

ミレルが心配そうにティカを見つめる。

「うん！」

ティカは嬉《うれ》しそうにうなずいた。

「もうすぐ、竜に変身できそうな気がする」

ティカはそう言うと、目を細める。

その瞳が、縦《たて》に絞《しぼ》りこまれているのに、ミレルは気づいた。

背筋《せすじ》がぞくりとする。

「い、いいのかな?」

ミレルが三神器《さんじんき》のひとつ、〝転換《てんかん》の盾鏡〟の魔力でシャナの姿になっているリウイを思わず見上げた。

「それが、彼女の信仰なんだからな」

リウイは苦笑まじりに答えた。

彼は今、首には勾玉《まがたま》をかけ、魔法王の鍛冶師《かじし》ヴァンが鍛《きた》えた聖剣ミスバスターを腰《こし》に差している。そして盾鏡は、膝《ひざ》に置いている。

額には太陽を意匠化《いしょうか》した飾り物をつけ、装束《しょうぞく》も肖像画に描かれているシャナのそれと合わせていた。

蛇神ヤヅチの復活に、ひどく動揺していた都の人々だが、彼の姿を見て、天照神が降臨《こうりん》してきたと信じ、今では平静を取り戻している。

その噂《うわさ》はイーストエンド中を駆《か》け巡《めぐ》り、蛇神ヤヅチを奉じ、神宮に反抗《はんこう》しようとしていた諸部族も、なりゆきを静観しようという態度に変わっていた。

この戦いの勝敗で、イーストエンドの未来が決するのは明らかだった。

絶対に負けられない、とリウイは決意を固めている。

蛇神ヤヅチは、人間の女を生贄《いけにえ》として喰らう。

そんな魔物に、この島を支配させるわけにはゆかないのだ。


軍勢は都を出て、蛇神が封《ふう》じられている〝舞台〟へと到着した。

土を盛《も》って作られた人工の丘《おか》である。頂《いただき》にある巨大な石をつみあげた祠《ほこら》に青銅製の扉があり、そこから地下へと階段が伸びている。その先には巨大な鍾乳洞《しょうにゅうどう》があり、乳白色をした鍾乳石の壁に蛇神ヤヅチは封じられていた。

〝舞台〟の周りには、何十体もの魔獣が群《む》れている。

鱗《うろこ》を持つ魔獣が多いが、そうでない魔物もまじっていた。

ヤヅチが召喚《しょうかん》したのである。

「蛇神と呼ばれるだけのことはあるな」

リウイは舌打《したう》ちをする。

「ここは、我らにお任《まか》せ願いしましょう」

カグラ衆一位のロウオウが近寄ってきて、そう声をかけてきた。

「大丈夫ですか？」

「先日、都に襲《おそ》いかかってきたときより、はるかに少ないようです。我らでも、十分、戦えるでしょう。ルーイ殿《どの》は力を温存《おんぞん》し、蛇神との決戦に備《そな》えてくださいますよう」

「わかりました」

リウイは、うなずくしかなかった。

従軍している女性兵士の大半は、都の人々と同様、天照神シャナの降臨《こうりん》を信じている。

それゆえ、士気《しき》は高い。

彼女らは弓と薙刀《グレイブ》で武装していた。白の胴着《どうぎ》のうえから革の胸当てをつけ、あたまにも白い布を締めている。

「わたしたちは、手伝ってもかまわないな？」

ジーニがリウイに訊《たず》ねる。

アイラを除《のぞ》いて、他の仲間たちもそのつもりのようだ。それぞれの武器を構《かま》え、魔物の群れを見据《みす》えている。

「無理はしないでくれよ」

リウイは苦笑まじりに答える。

「いつものおまえに返したい言葉だ」

赤毛の女戦士はにやりとした。

「かかれ！」

そのとき、カグラ衆二位のハンニャが号令し、戦ははじまった。

丘を駆け下りてくる魔物の群《む》れに、一斉《いっせい》に矢が放たれる。

カガリが朱塗《しゅぬ》りの弓を引き絞《しぼ》り、狙《ねら》いを定めて放った。

矢が風を切り裂《さ》く。

そして樽《たる》のような体形をし、這《は》うのではなく、斜面《しゃめん》を転がってきていた蛇《へび》の魔獣に、深々と突き刺さった。

ヨコヅチと呼ばれる蛇神の眷属《けんぞく》である。その牙《きば》には猛毒《もうどく》があり、一咬《ひとか》みで熊《くま》さえ即死《そくし》させるという。先日、都が魔獣の群れに襲われたとき、何度か戦っている。

胴に刺さった矢が地面につかえ、ヨコヅチの動きが止まる。

カガリは続けざまに矢を放ち、ヨコヅチはまるで弓術の的のようになった。頭と尻尾《しっぽ》を痙攣《けいれん》させ、蛇神の眷属は息絶《いきた》える。

「行くぞ！」

ジーニが大剣《グレートソード》を構え、駆けだした。

メリッサ、ミレル、ティカが続いた。

神宮の兵士たちも武器を薙刀に持ち替え、突撃を開始する。

丘の中腹で、神宮の軍勢と魔獣は、激突した。

リウイは輿《こし》から降り、アイラとともに戦況を見守る。

ロウオウが言ったように、魔物の数は先日ほど多くはない。だが、魔獣たちは決して油《ゆ》断《だん》ならない相手だ。バジリスクやワイバーンといった手強い魔獣の姿も見える。

「この島には魔獣が大勢、棲息《せいそく》しているとは聞いていたが、まさかこれほどとはな」

リウイはアイラを振り返って言った。

大陸中を巡ってきたが、魔獣に出くわしたことは数えるほどしかない。

「まったくだわ。それだけ、この島の自然が豊かということなのでしょうけど……」

アイラがうなずく。

「こんなことで、魔獣がいなくなるというのも寂《さび》しいもんだよな」

お互いの領域《りょういき》を侵《おか》さないかぎり、人間と魔獣とは共存《きょうぞん》できるのだ。

だが、今は戦い、倒すしかない。

仲間たちは、バジリスクに狙《ねら》いを定めたようだ。

ミレルがまず、短剣《たんけん》を投げ、バジリスクの両目をつぶしていた。その目には、恐るべき石化の魔力がある。

ふと見ると、何人かの女性兵士が、石にされていた。

メリッサが完全回復の呪文を唱《とな》え、犠牲者《ぎせいしゃ》をもとにもどしている。最近、使えるようになった高位の神聖魔法である。

戦神マイリーの司祭として、彼女の修行も着実《ちゃくじつ》に進んでいるということだ。

リウイ自身、魔術師としては限界《げんかい》を感じているものの、戦士としての技量《ぎりょう》はどんどんあがっていることを実感している。だからこそ、鮮血《せんけつ》の将軍ヒュードや八分衆総領《そうりょう》ラカンといった強敵とも渡りあえた。

そして魔術のほうはアイラに任せておいて不安はない。彼女は今や高位の導師級の実力を身につけているからだ。

ジーニも戦士としてさらに腕を磨《みが》いているし、ミレルの密偵《みってい》としての能力もますます研《と》ぎ澄《す》まされている。

竜司祭《ドラゴンプリースト》であるティカが、長槍の石突《いしづ》きを地面に突き立て、高く跳躍《ちょうやく》していた。

空中で身体《からだ》を一回転させ、バジリスクの背中に槍を突きたてる。

猛毒《もうどく》の血液《けつえき》があふれだすが、ティカが着地したのは、バジリスクから軽く五歩は離れた場所である。

「竜の力を借《か》りなくたって、十分、暴れられるじゃないか」

　リウイは苦笑を浮かべた。
　彼女もまた竜司祭として戦士として熟練しつつある。
　ジーニが大剣を振るい、バジリスクの首を断ち切る。
　恐《おそ》るべき蜥蜴《とかげ》の魔獣も、それで息絶えた。
　他の魔獣たちも、神宮の兵士が取り囲み、一体また一体と葬《ほうむ》ってゆく。
　やがて蛇神が召喚した魔獣の群れは掃討《そうとう》された。
　勝鬨《かちどき》が、〝舞台〟に轟《とどろ》いたそのときである――
　突如《とつじょ》として、大地が揺《ゆ》れた。
「な、なんだ？」
　リウイは悲鳴をあげるアイラを支え、周囲を見回す。
　遠くの森の木々は揺《ゆ》れていない。
　地震《じしん》ではないようだ。
　だとすれば、考えられることはひとつしかない。
「みんな、丘から退避《たいひ》するんだ！」
　リウイは声をかぎりに叫んだ。
　その声も、若い娘のそれになっている。あまり気持ちのいいものではないが、今は気にしている場合ではない。

「蛇神ヤヅチが、姿を現すぞ！」

その声が終わるか終わらないかというとき、石の門が轟音《ごうおん》とともに崩《くず》れ、丘の頂が土煙《つちけむり》をあげて陥没《かんぼつ》した。

逃《に》げ遅《おく》れた女性兵士が、何人か穴《あな》に落ちる。

そして蛇神ヤヅチが姿を現した。

八つの首が触手《しょくしゅ》のようにうねっている。その口のいくつかは女性兵士を咥《くわ》えていた。

耳を塞《ふさ》ぎたくなるような悲鳴が聞こえたが、それはすぐに消える。哀《あわ》れな犠牲者《ぎせいしゃ》は、丸《まる》呑《の》みにされたからだ。

「くそっ！」

リウイは今の姿も忘《わす》れ、思わず悪態《あくたい》をついた。

盾《たて》を構《かま》え、聖剣を鞘《さや》から抜き放つ。勾玉《まがたま》のひとつを首からちぎると、剣の柄《つか》に嵌めこんだ。

その瞬間、刀身が青色の輝《かがや》きを放つ。

勾玉は、ひとつひとつがヤヅチの首に対応《たいおう》している。だが、それがどの首かは知るところではない。

すべてに斬りつければいいだけだと、思っている。

「参る！」

リウイは聖剣を真上にかざし、その魔力を人々に示《しめ》してから、丘を駆けあがった。

仲間たちが、すぐに合流する。

「天照神様の援護《えんご》を！」

カグラ衆二位のハンニャが、兵士たちを叱咤《しった》する。

蛇神の恐ろしい姿とその巨大さに、怯《ひる》みかけていた兵士たちだったが、勇気を振るいおこし、向かってゆく。

「我ニ敵《かな》ウト思ウテカ？　非力《ひりき》ナル人間ドモヨ！」

首のひとつが、しゃがれた声を響かせた。

下位古代語《ロー・エンシエント》である。

「そのつもりさ……」

リウイはひとりごとのように答えた。

人間は確かに非力だが、決して無力ではないのだ。

リウイは蛇神の正面に立つと、挑発《ちょうはつ》するように剣を振りまわした。

聖剣が放つ光を浴《あ》びて、首のひとつが鮮《あざ》やかな青に染《そ》まる。

「その首か……」

リウイはニヤリとする。

魔法王の鍛冶師ヴァンは、間違いなく歪《ゆが》んだ性格をしているが、その仕事は緻密《ちみつ》だ。

蛇神は巨大である。

首は、塔《とう》ほどの高さにある。

「向こうからくるのを待つしかないな」

リウイは気を引き締めた。

蛇神ヤヅチは、八つの首を次々と繰《く》り出してくる。

頭こそ人間の女性だが、大きく裂けた口には、剣のような牙が生えている。その先から、透明《とうめい》だが粘性《ねんせい》のある液体が滴《したた》っていた。

先がふたつに割れた長い舌が、まるで別の生き物のようにちろちろと動く。

その巨体にもかかわらず、動きは素早い。

リウイは複雑な動きを見切って、蛇神の牙をかわしてゆく。

だが、反撃の余裕《よゆう》は、まるでなかった。

「御主人！」

カガリが朱塗りの弓から、矢を放つ。

だが、その矢は、蛇神の硬《かた》い鱗《うろこ》を貫《つらぬ》くことはできず、むなしく地面に落ちた。

「くっ……」

カガリが唇《くちびる》を嚙《か》む。

「この矢を使ってみて。矢尻《やじり》に魔力が付与されているわ。数は、あまりないけど……」

アイラが、いつも携帯《けいたい》している魔法の袋を取り出すと、その中を探り、矢筒《やづつ》をひとつ取りだした。

「感謝《かんしゃ》します」

カガリは矢の具合を確かめ、弓に番《つが》えた。

大きく胸を反らし、弦《つる》を引き絞る。

そして気合の声とともに放った。

矢は、蛇神の首を射貫き、そして破裂《はれつ》した。

血飛沫《しぶき》とともに、肉片と鱗《うろこ》とが四散《しさん》する。

「すごい……」

矢を射た当人が、その威力《いりょく》に唖然《あぜん》となっていた。

「炸裂《さくれつ》の矢尻というのよ。リウイもジーニも、あまり弓を使わないから、これまで余《あま》っていたの」

アイラが微笑《ほほえ》んだ。

カガリの矢で傷ついた蛇神の首は、苦痛のあまりのたうつ。それが、他の首の動きの邪《じゃ》魔《ま》をしていた。

「今だ！」

リウイは青く照らしだされた首を狙《ねら》い、聖剣で斬《き》りつけた。

その瞬間、剣の柄《つか》に嵌《は》めこんでいた勾玉《まがたま》が眩《まばゆ》い光を放って消滅《しょうめつ》する。

同時に、刀身からも光が溢《あふ》れだす。

そして蛇神の首のひとつが、塵《ちり》と化して消えていった。残る七つの首が、苦痛の咆哮《ほうこう》をあげる。

「ひとつ！」

リウイは快哉《かいさい》を叫んだ。

次の勾玉をちぎり、剣の柄に嵌めこむ。

刀身が今度は、赤い光を放った。

同時に蛇神の首のひとつも、赤く染《そ》まる。

リウイは、ヤヅチが苦悶《くもん》している隙《すき》に、次の首を狙《ねら》おうとした。

だが、その首は、大きく口を開くと、突然、炎《ほのお》を吐《は》きだした。

「くっ！」

反射的に盾で顔を覆《おお》い、地面を転げる。

装束《しょうぞく》が発火《はっか》し、炎に包まれる。

「リウイ！」

アイラが悲鳴をあげるが、炎は地面を転がっているうちに収まっていった。

「大丈夫だ……」

リウイは立ち上がると、焦《こ》げた上衣《じょうい》を脱《ぬ》ぎ捨てる。炎には包まれたが、熱はまるで感じなかった。剣にはめた勾玉の魔力であろう。

「邪悪《じゃあく》よ！　滅《ほろ》びよ！」

そのとき、カグラ衆が蛇神を取り囲み、神聖魔法で攻撃《こうげき》を開始する。

〈気弾《フォース》〉の呪文《じゅもん》らしく、蛇神の身体のそこかしこに衝撃《しょうげき》が走った。

だが、さほど効《き》いた様子もない。

反対に蛇神の首のひとつが白い液体を吐《は》き、それを浴《あ》びたカグラ衆のひとりが、あっという間に凍《こお》りついていた。

あわてて数人が走りより、そのカグラ衆を下がらせる。

「そういえば蛇神は、精霊の力を司《つかさど》っているんだったな……」

リウイは舌打ちをした。

「アイラ、飛空の外套《マント》を！」

「はい！」

アイラはふたたび魔法の袋《ふくろ》を探って、リウイにマントを手渡す。

リウイはそれを装着した。

「さあ、行くぜ！」

リウイは自らに気合を入れる。

そして合言葉を唱えて、宙《ちゅう》に浮《う》かんだ。

「天照神様ぁ！」

それを見た女性兵士たちから、歓声《かんせい》があがる。

魔獣たちとの戦いでも、そして蛇神との戦いでも、何人もの女性兵士が命を落としている。

だが、蛇神が支配する世になれば、それとは比べものにもならない数の女性が命を落とすことになるのだ。

リウイは空を飛び、赤く浮かびあがる首を狙って操った。

だが、蛇神は決して知能の低い怪物ではない。むしろ人間より高いかもしれない。

誰がもっとも危険な敵か、はっきりと理解していた。
残る七つの首は、リウイひとりを狙って、蠢《うごめ》いていた。
飛びこむ隙《すき》はまるでない。
「てああっ！」
そのとき、足下《あしもと》から気合の声が響いた。
ジーニの声である。
七つの首が、リウイを狙っている隙《すき》をついて、胴に大剣を突き立てたのだ。
アイラから魔力を付与《ふよ》されているらしく、刃は硬《かた》い鱗を完全に貫《つらぬ》いていた。
蛇神の首が、さすがに足下に向く。
その隙を、リウイは見逃《みのが》さなかった。
「ふたつ！」
全速で飛びこみざま、赤く照らしだされた蛇神の首に斬りつけた。
先程と同様に魔力が発動《はつどう》し、蛇神の首が消滅《しょうめつ》する。
だが、次の瞬間、蛇神は紫電《しでん》の息を吐きかけてきた。
直撃したわけではないが、身体が痺《しび》れた。
バランスを崩《くず》し、リウイは落下する。目の前に地面が迫り、必死に浮かびあがろうとする。

だが、間に合わず、地面に叩きつけられた。しかし勢いはなくなっていたので、さほどのダメージはない。

「手強《てごわ》いな……」

リウイはつぶやいたが、顔は笑っていた。

相手が強敵であればあるほど、力は漲《みなぎ》り、心は澄んでくるのだ。

合言葉を唱え、ふたたび空に舞《ま》い上《あ》がる。

リウイが離れたので、蛇神はカグラ衆ら神宮の討伐隊《とうばつたい》が必死に引き受けていた。

だが、蛇神は様々な息を吐きかけ、あるいは牙《きば》で、ひとりまたひとりと屠《ほふ》ってゆく。

「一気に片をつけてやるぜ」

時間をおけばおくほど、犠牲者《ぎせいしゃ》は増《ふ》える。

三つめの勾玉《まがたま》を、剣の柄《つか》に差し込む。紫色の光を刀身が帯《お》びる。

リウイが浮かびあがると、蛇神はふたたび首を向けてきた。

「人間メ！」

蛇神がしゃがれた声で吠《ほ》えた。

「神々、亡《な》キアト、我ガ汝《なんじ》ラヲ守護シタルヲ忘《わす》レタカ？　竜族ヲ宥《なだ》メ、精霊ノ知識ヲ汝ラニ授《さず》ケタトイウノニ……」

「生贄《いけにえ》を代償《だいしょう》としなければ、貴様《きさま》は本当の守護神として人間から崇《あが》められただろうに！」

「代償ヲ払ワズシテ恩恵《おんけい》ノミヲ求メルトイウノカ？」

「それこそが、真の神というものだからな！」

リウイは大声で応じた。

そして全速で、蛇神に肉薄《にくはく》する。

それを見て、カガリが魔法の矢を連続で放つ。

狙いは違《たが》わず、蛇神の首に突き刺さり、炸裂する。

メリッサは戦の歌を高らかに詠唱《えいしょう》し、味方を鼓舞《こぶ》する。

ジーニは大剣を構《かま》え、蛇神の右側に回りこむ。

ティカは長槍を構え、正面から突撃してゆく。

アイラは古代語魔法の詠唱をはじめ、首のすべてに〈光の矢《エルダー・ボルト》〉を撃ちこんでゆく。傷を負わせるよりも、牽制《けんせい》が目的である。

ミレルはさすがに手の出しようがなく、リウイにじっと視線《しせん》を注いでいた。

カグラ衆も、女性兵士たちも、三神器で武装《ぶそう》し、空《くう》を舞う天照神シャナの姿をしたリウイを見守っている。

仲間たちの援護を受け、リウイは楽々と邪神に接近できた。

そして紫《むらさき》に照らしだされる首に斬りつけ、そのまま離脱《りだつ》する。

「三つ！」

リウイは空を飛びながら、次の勾玉を聖剣に装着した。

今度は刀身が緑色に輝く。

首がひとつ減《へ》るごとに、蛇神の動きは鈍《にぶ》くなっているように思われた。

だが、リウイは油断《ゆだん》せず、蛇神の周囲を旋回《せんかい》する。

蛇神が怒《いか》り狂《くる》っているのが、風を通して伝わってくる。

卑小《ひしょう》な人間ごときに、千年ものあいだ封《ふう》じられ、そして今、傷《きず》つけられているのが、我《が》慢《まん》できないのだろう。

三神器の魔力ゆえである。

(だが、なんで武具なんだ？)

リウイは疑問《ぎもん》を覚えた。

巨大な魔法装置《そうち》を建造《けんぞう》するなり、巨人像のような魔法生物《コンストラクト》を創造《そうぞう》してもよさそうに思えるのだ。

ヴァンが魔法の武具を鍛《きた》えること以外に、興味《きょうみ》がなかったことは容易《ようい》に想像できる。

付与魔術師《エンチャンター》たちは、当時の蛮族《ばんぞく》を従属下《じゅうぞくか》におき、他の系統魔術師一門と戦うときの戦力としたと聞く。

付与魔術師たちは自らを危険にさらしたくないゆえ、魔法の武具を鍛え、蛮族の戦士に与えたのだろうか？

だが、古代王国を滅《ほろ》ぼしたのは、その蛮族の剣の力だ。魔法の武具は、そのとき、魔術師たちを滅ぼすために使われたことだろう。

剣の時代が到来したのは、付与魔術師たちの失策《しっさく》だったといえるかもしれない。

（そのおかげで、蛇神ヤヅチを倒すことができるわけだがな）

魔精霊アトンについても同じことが言える。剣ではなく、他の手段が使われていれば、今の魔法文明では、それを再現することはできなかっただろう。

オランではそういう研究も進められているが、今のところさしたる成果はあがっていない。

ファーラムの剣だけが唯一、現実的な希望なのである。

「魔法王の鍛冶師ヴァン……」

蛇神の様子を窺《うかが》いながら、リウイはつぶやく。

「時が超えられるものなら、一度、会ってみたいもんだぜ」

そして緑色に輝く聖剣を翳《かざ》し、蛇神へと突撃してゆく。

仲間たちがすかさず援護を開始し、カグラ衆や女性兵士たちも決死の覚悟《かくご》で、蛇神に攻撃をかける。

蛇神は苦痛にのたうち、毒液《どくえき》や石化の煙、溶解液《ようかいえき》などを吐き散らし、牙で咬《か》みつき、尻尾《しっぽ》を打ち振った。

カグラ衆にも新たな犠牲者《ぎせいしゃ》がでたし、ジーニとティカも無傷《むきず》ではいられなかった。

だが、その間に、リウイは首をひとつひとつ消滅《しょうめつ》させていった。

首にかけていた八つの勾玉も、あとひとつになっていた。

黒色の勾玉である。

当然、蛇神ヤヅチの首も、残るはひとつだけであった。

リウイは地に降り立ち、飛空のマントを外す。

そして、ゆっくりとヤヅチに近づいてゆく。

「人間メ！」

ヤヅチは憎しみの視線をリウイに向ける。

「神話の時代は、すでに去った。貴様《きさま》はもう時代遅れなんだよ」

リウイは最後の勾玉を聖剣に装着した。

刀身から光ではなく、闇《やみ》が放射される。

その闇を受けたところは暗くなり、逆に影となった部分は光を増す。

光と影が交錯《こうさく》し、不可思議な模様《もよう》が描きだされていた。

蛇神は地を這《は》って向かってくる。

リウイは剣を肩の高さに担《かつ》ぎ、剣先の狙いを定めた。

その場にいる全員が息を呑んで、勝負の行方《ゆくえ》を見守る。

ヤヅチは口をいっぱいに開き、牙を剝《む》きだす。

そしてどす黒い液体を吐いた。

リウイはそれを避《よ》けようともしなかった。

着ている装束が異臭《いしゅう》と白煙を発しながら溶《と》ける。

だが、若い女性の肌をした彼の身体には、傷ひとつつかなかった。

剣にはめた勾玉の魔力である。

対応している首が吐きだす息の攻撃を無効にしているのだと、リウイは戦いのなかで確信していたのだ。

ヤヅチの牙が、目の前に迫《せま》っている。

リウイはそれすら避けない。

そして巨大な口が、彼を丸呑《まるの》みにした。

だが、次の瞬間、蛇神ヤヅチの身体は漆黒《しっこく》の闇に包まれていた。

それが消えたとき、立っていたのは、リウイであった。

ヤヅチは尻尾の先までも、完全に消滅《しょうめつ》していた。

シャナを讃《たた》える歓声《かんせい》があがる。

「皆の者……」

リウイは人々を振り返り、呼びかける。

「わたしは、天照神ではない！」

歓喜《かんき》にあふれていた女性たちは、その一言でたちまち静《しず》まりかえった。

十位のブアクこと、スセリから頼まれていたのである。ヤヅチを滅ぼしたあと、シャナの真実を語ってくれと……

リウイは人々を見回してから、ふたたび口を開く。

「わたしは、真の天照神に仕《つか》える巫女《みこ》であった。そして真の天照神とは、世界中で太陽神として信仰されているファリス神に他ならない。だが、皆の信仰《しんこう》が間違《まちが》っていたわけではない。わたしを信じることは、すなわちファリスを信じることでもあるからだ。わたしは千年の間、皆にファリスの御心《みこころ》を伝えてきた。蛇神を滅《ほろ》ぼすため降臨《こうりん》したが、使命を果たした今、わたしはふたたびファリスの御許《みもと》へ帰らなければならない。そして蛇神との戦いで力を使い果たしたゆえ、わたしの声が皆に届《とど》くことは、もはやないかもしれない。だが、それを嘆《なげ》いてはならない。わたしは従属神としてファリスの御許《みもと》に永遠に存在しているのだから……」

そう語り終《お》えると、リウイはゆっくりとその場を去り、丘の向こう側へと姿を消した。

神話の時代を終わらせるために。

邪神ヤヅチとともに、神代の聖女シャナもまた去らねばならないのだ。

イーストエンドに、剣の時代がようやく到来したのである――

2

東の果ての島を舞台《ぶたい》にした魔法戦士《ルーンソルジャー》の物語は、これで終わる。

天照神シャナの教団は、太陽神ファリスの教団に引き継《つ》がれ、最高司祭にはカグラ衆十位のブアクであったスセリが選《えら》ばれた。

ファリスの伝道師であるサベルは高司祭として、スセリの補佐役《ほさやく》となる。

そして神宮による神権《しんけん》政治の廃止《はいし》が宣言《せんげん》され、イーストエンドの統治《とうち》は、皇王がすることとなった。

その初代の皇王には、カブキ衆水軍頭スイゲイこと、ソーマが即位《そくい》する。

統治制度が改められ、軍制も再編《さいへん》された。

改革が急速に進むなか、バイカルの海賊船《かいぞくせん》はいまだイーストエンドの沿岸《えんがん》を頻繁《ひんぱん》に荒《あ》らしていた。

そしてついに海賊王とあだ名されるギアースの大船団が、都の西方の港湾にその姿を見せたのである——

独特の形をしたバイカルの海賊船が、沖《おき》を埋《う》め尽《つ》くしている。

その船団を見下ろせる岬《みさき》の突端《とったん》に、イーストエンドの皇王となったソーマは、普段着姿で立っていた。

隈取《くまど》りはしていない。

カグラ衆とともに、カブキ衆も解散《かいさん》となったのだ。

カグラ衆は太陽神ファリスの従属神となったシャナを祭祀することに専念し、カブキ衆は新体制の統治に参画することになる。

「まさか、海賊王ギアースがお出ましとは……」

ソーマは憮然《ぶぜん》とした表情で顎《あご》をさする。

「天照神シャナの教団が太陽神ファリスに変わり、神宮の統治が、王制に変わった。急激な変化に、都はともかく、地方の人々や諸部族は戸惑《とまど》っている。改革が落ち着くまで、せめて五年は待っていてほしかったな」

ソーマは背後《はいご》にいる長身で体格もごつい男を振り返って言った。

「こちらの都合はそうでも、向こうはおかまいなしだからなぁ」

リウイは苦笑を浮かべた。

「オレとしては、せめてバイカルを打ち払《はら》うまでは、神宮の統治を継続《けいぞく》させたかったんだ。それが、おまえが打った芝居《しばい》のせいで、この有様だ」

水軍衆の頭であり、大陸の事情にも通じており、カグラ衆二位のハンニャを妻としていることなどが理由で、ソーマはイーストエンドの新しい統治者に推されたのである。

この苦境下で引き受けたくもなかったが、逆に断れるはずもなかったのだ。

「そう言われてもな……」

リウイは肩をすくめる。

神宮の統治は、遅《おそ》かれ早かれ、崩壊《ほうかい》していたことだろう。ならば、蛇神を滅《ほろ》ぼした勢《いきお》いで一気に改革するほうが得策《とくさく》なのである。

無論、それぐらいはソーマとて分かっている。分かったうえで、愚痴を言っているのだ。

だが、神宮の統治を終わらせたため、一時的にせよ、イーストエンドは混乱《こんらん》している。

その隙《すき》を、海賊王ギアースは的確《てきかく》についてきたのだ。

「あれだけの大船団を率《ひき》いてきたんだ。手ぶらで帰るはずがない。だが、すぐに襲いかかってこないところを見ると、交渉《こうしょう》する用意があるんだろう」

「交渉といえば聞こえがいいがな。あれほどの大船団に圧力《あつりょく》をかけられたら、どんな要求でも嫌《いや》とはいえんぞ」

ソーマは面白くなさそうに言う。

「向こうが動くのを待つしかないさ。そのあいだに、こちらも集められるだけの軍勢を集める。ラカンが諸部族に働きかけてくれているしな」

リウイはイーストエンドの皇王を宥《なだ》めた。

八分衆総領ラカンは、蛇神が滅ぼされたと聞くと、約束を守り、新政権に協力することを誓《ちか》った。

そしてかつて自分に味方した諸部族を巡《めぐ》り、新政権への参加を呼びかけている。

リウイとの一騎《いっき》打《う》ちに敗《やぶ》れ、神宮の捕虜となったものの彼の勇猛《ゆうもう》さはいまだ轟《とどろ》いている。

ほとんどの部族が、それに応じた。

ラカンの存在は、今や新政権にはなくてはならないものだった。

「……どうやら、動いたようだな」

海賊王のガレー船のすぐ近くに停泊《ていはく》していた一隻《いっせき》が海岸に向かってくるのを見て、ソーマはつぶやいた。

海岸には、元のカブキ衆を中心とした軍勢が陣《じん》を張《は》っている。

「もどろうぜ」

リウイはイーストエンドの新王にうなずきかけた。

バイカルの海賊王ギアースの使者を出迎《でむか》えるためである。

そして使者に会って、リウイは愕然《がくぜん》となる。

海賊王の使者は女性であった。そしてよく知った顔でもあった。

「シヴィル……なぜ、あんたが……」

驚きのあまり、リウイはそれだけを言うのがやっとだった。

海賊王の使者としてやってきたのは、オラン王国の騎士であり、聖剣探索隊の隊長シヴィルリア・サイアスだったのである。

そして魔法戦士の物語は、海賊の国に舞台を移すことになる――

あとがき

『神代の島の魔法戦士』、いかがだったでしょうか？

本作の舞台に選んだ〝東の果ての島《イーストエンド》〟は『ソードワールド・ワールドガイド』でも太陽の女神を崇《あが》め、独自の文化が栄《さか》えている島という記述《きじゅつ》があるだけで、大量に出版されているソードワールド関連作品のなかでも、まったく使われていませんでした。

グループSNEの御大、安田均《やすだひとし》さんから「そのうち何か書くから、イーストエンドは残しておいてくれ」という強い要望があったためですが、いよいよネタに困り、アレクラスト大陸はあらかた巡ったし、呪《のろ》われた島にも渡ったしで、今回、許可を得て書かせてもらうことになりました。安田さん、ありがとうございました。

そのイーストエンドですが、和風の文化だというコンセンサスはあったものの、具体的なことはひとつも決まっていない。当然、一から設定するしかなく、苦労もしましたが、楽しい仕事でもありました。世界を創造するというのは、やはり、僕の性分《しょうぶん》に合っているようです。

日本的というと、まず連想されるのは、侍《さむらい》と忍者《にんじゃ》（それに芸者）でしょう。外国のゲームや映画にもよく出てきますが、激《はげ》しく誤解《ごかい》されているのは御承知《ごしょうち》のとおりです。というわけで、侍、忍者は（もちろん芸者も）出すのをやめました。

そこで時代を中世ではなく、思い切って日本の古代、神代《じんだい》まで遡《さかのぼ》ってみたわけです。関連書籍をいろいろと買い込み、出雲《いずも》地方にも取材に行ってきました。調べてみると、本当に面白いんですよね。残念ながら、そのまま使うわけにはゆかず、神楽《かぐら》、歌舞伎《かぶき》、相撲《すもう》、八岐大蛇《やまたのおろち》といったキーワードをいつくか抜きだし、作品に合うように設定しなおしました。結果、侍、忍者のことは、まったく言えないような内容になりました。日本文化を愛してらっしゃる方からはお叱《しか》りを受けそうですが、広い心でお許しいただきたいと思います。

今回の取材を通して、日本には独自のファンタジー文化が存在していると、あらためて感じました。

西洋風ファンタジーが日本に浸透《しんとう》し、定着していったのは、なんといってもトールキンの『指輪物語』、そしてそれにインスパイアされた様々な作品の影響でしょう。同じように、日本独自のファンタジーも、エンターテイメントとして完成させることができれば、いずれ世界に向けても発信できるのではないか、と僕は思っています。

無論、そういう作品を、自らの手で作りたいという野望もあり、現在、いろいろ試行錯誤《しこうさくご》しています。

本作でもかなり実験的なことをやらせていただきました。これまでのシリーズ作品とは、かなり毛色が違ったものになりましたが、新しい可能性や魅力を引き出せたのではないかと思っています。

次回作の舞台は、本書のラストでも予告しているとおり、海賊《かいぞく》の国バイカルです。『嵐の海の魔法戦士』というタイトルで、月刊ドラゴンマガジン誌上で連載されています（すぐに完結ですが）。

その先はまだ未定ですが、そろそろフィナーレへ向けての最終エピソードに突入させようと思っています。当初は十年で完結させる予定だったのですが、皆さんのご支持のおかげで、二十年も続いた息の長い作品となりました。

ラストもほぼ決まっています。あとは、それに向かって、どう進めてゆくかだけ。作者にとって、いちばん苦しいところでもありますが、頑張って乗り越えますので、どうか最後まで、おつきあいください。

初出

月刊ドラゴンマガジン

2006年7月号〜2007年2月号

富士見ファンタジア文庫

魔法戦士リウイ　ファーラムの剣
神代《かみよ》の島《しま》の魔法戦士《まほうせんし》

平成19年12月25日　初版発行

著者――水野《みずの》　良《りょう》

発行者――山下直久
発行所――富士見書房
〒102-8144
東京都千代田区富士見1-12-14
電話　営業　03(3238)8531
　　　編集　03(3238)8585
振替　00170-5-86044

印刷所――暁印刷
製本所――BBC

落丁乱丁本はおとりかえいたします
定価はカバーに明記してあります
2007 Fujimishobo, Printed in Japan
ISBN978-4-8291-1970-9 C0193

ソード・ワールド・ノベル

輝け！ へっぽこ冒険譚1

秋田みやび

イリーナ・フォウリー。16歳。至高神ファリスを信奉する怪力少女。ヒースクリフ・セイバーヘーゲン。17歳。魔術師としての才能を認められた、「賢者の学院」の特待生。幼馴染の二人は、冒険者になることを決意し、冒険者の店《青い小鳩亭》に向かう。店内には、少年、ハーフエルフの娘、ドワーフがいた……。へっぽこと呼ばれる若者たちの、最初の一歩の物語。ここに開幕！

富士見ファンタジア文庫

ソード・ワールド短編集

へっぽこ冒険者と緑の蔭

安田 均編 秋田みやび・藤澤さなえ他

ノリスは、かつての仲間・イリーナたちの仕事を妨害しようとする計画があることを知り……（秋田みやび著「へっぽこ冒険者と緑の蔭」）。他には、ベルカナの“ぺらぺらーず”以前のエピソード「レイニー・メモリー」（藤澤さなえ著）、謎のエルフ、ベラの光と闇を描いた佳作「黄金の車輪」（川人忠明著）、英雄を目指す冒険者の物語「夢見し黄金色」（篠谷志乃著）の計4本を収録。

富士見ファンタジア文庫

ソード・ワールド短編集

へっぽこ冒険者とイオドの宝

安田 均編 山本 弘・清松みゆき他

岩の街ザーンに語り継がれる大盗賊イオドの伝説。そのイオドが残したという「誰にも奪えぬ、最高の宝」を求めて、少年サーラとその恋人デルは、岩山の頂上にある庭園に忍び込もうとするのだが……！（山本弘「奪うことあたわぬ宝」）

　秘密の宝を求め、「へっぽこ冒険者」が、「ぺらぺらーず」が、「赤い鎧」のポールらが疾走する。連作短編集!!

ソード・ワールド短編集

ぺらぺらーず漫遊記

安田 均編 藤澤さなえ他

ぺらぺらな五人組、名付けて、“ぺらぺらーず”。虚弱体質な盗賊少年クレスポ。お嬢様で魔法剣士の少女ベルカナ。ワガママ怠惰なエルフ、シャイアラ。本が恋人、グラスランナー、ブック。田舎純朴青年ハーフ・エルフ、マロウ。五人は、ロマールを裏で牛耳る大組織〈盗賊ギルド〉に入ることになってしまった。彼らの先にあるのは、明るい冒険者ライフか、それとも──!?

ソード・ワールド・ノベル

ダークエルフの口づけ

川人忠明

ダークエルフの口づけ——それは死の宣告。
少年アマデオは、ダークエルフの一味に村を襲われ、親類友人を惨殺される。そして少年自身も追い詰められ、死を覚悟したときに、彼を救ったのは、美しいエルフの女性ベラだった。数年後、青年に成長したアマデオは、ベラの下で警備兵になっていた。だが、ベラの正体は、ダークエルフの里から送り込まれた密偵だった——！

富士見ドラゴンブック

ロールプレイング・ゲーム

デーモン・アゲイン

ソード・ワールドRPGリプレイ・アンソロジー

清松みゆき・藤澤さなえ
秋田みやび/グループSNE：著

あのバブリーズがリプレイで復活！　今回の依頼主はなんと古代竜？　天をも焦がす？コーラスアス。上位魔神召喚の壺探索のため、有り余る資金によるお大尽アタックと過剰なほどの権謀術数がアノスの地に響き渡る！さらに秋田みやび・藤澤さなえとイラストレーターたちによる爆笑短編リプレイ２作を収録！　豪華キャストでお贈りする、ＳＷ初のリプレイ・アンソロジーここに登場！

富士見ドラゴンブック

ロールプレイング・ゲーム

賽子《ダイス》の国の魔法戦士

ソード・ワールドRPGリプレイ・アンソロジー2

安田 均：編

水野良・山本弘・友野詳/グループSNE：著

鋼の国の女王の秘密を求めて、魔法戦士リウイと３人の美女が活躍する。英雄譚のマエストロ水野良が熱筆をふるう表題作。奇想のマエストロ山本弘は、名作『サーラの冒険』に登場した「闇の庭」の魔獣をプレイヤーが演じる『絶対危険チルドレン』で常識を破壊する。熱血のマエストロ友野詳は、大地の下に広がる、知られざる世界を舞台にしたデビュー作『不思議議な地底探険』を全面改稿。いずれ劣らぬ、RPGのマエストロたちが贈る３編の物語を収録。